麥田水星

18

韓波作品集 ❶ RFM：Rye Field Mercury is My Favorite Story.

彩畫集

Illuminations

國家圖書館出版品預行編目

彩畫集：韓波詩文選 / 韓波著；王道乾譯．--
初版．--臺北市：麥田出版：家庭傳媒
城邦分公司發行，2005【民94】
面；　公分．--（麥田水星；18）
譯自 Illuminations
ISBN 986-7252-78-0（平裝）

876.4　　94015590

麥田水星 18

彩畫集：韓波詩文選

作　　者　韓波（Arthur Rimbaud）
譯　　者　王道乾
責任編輯　蕭秀琴、陳瀅如
文字編輯　蔡雅琪
排　　版　曹淑美

發 行 人　凃玉雲
出　　版　麥田出版
地址：10061臺北市中正區信義路二段213號11樓
電話：(02)2351-7776
傳眞：(02)2351-9179
發　　行　英屬蓋曼群島商家庭傳媒股份有限公司城邦分公司
地址：10483臺北市中山區民生東路二段141號4樓
電話：(02)2500-0888
傳眞：(02)2517-0999
客服專線：0800-020-299
網址：http://www.cite.com.tw
E-mail：cs@cite.com.tw
郵撥帳號：19833503
郵撥帳戶：英屬蓋曼群島商家庭傳媒股份有限公司城邦分公司
香港發行所　城邦（香港）出版集團有限公司
地址：香港灣仔軒尼詩道235號3樓
電話：(852)2508-6231
傳眞：(852)2578-9337
新馬發行所　城邦（馬新）出版集團
地址：Cite(M) Sdn. Bhd. (458372U)
11, Jalan 30D/146, Desa Tasik, Sungai Besi,
57000 Kuala Lumpur, Malaysia
電話：(603)9056-3833
傳眞：(603)9056-2833
印　　刷　中原造像股份有限公司
初　　版　2005年11月
售　　價　260元
ISBN 986-7252-78-0

譯者前言

韓波（Arthur Rimbaud）一八五四年出生於法國近比利時的夏爾維爾（阿登省），父親弗雷德裏克．韓波是軍人，常年服役軍中；母親是阿登省武齊埃區一個小農家庭的女兒維塔莉．居伊夫。一八六五年，韓波十歲，入夏爾維爾市立中學，穎異過人，天賦詩才。一八七〇年在修辭班得教師喬治．伊藏巴爾關注，並建立深厚的友誼，在思想上、文學上受到影響。一八七〇至一八七一年期間，法國處在巴黎公社起義、普法戰爭動盪中，此時也正是韓波詩作發展時期，其間韓波曾三次離家出走：一八七〇年十月步行去布魯塞爾；一八七一年二月二十五日去巴黎；四月十九日身無分文再次動身去巴黎，正值巴黎公社街壘戰，據說韓波無所投奔，曾與公社戰士一同參加戰鬥；五月離開巴黎返回夏爾維爾，回到夏爾維爾後，他在市立圖書館大量閱讀社會主義著作（蒲魯東、巴貝夫、聖西門等）、十八世紀小說，研究祕術、神祕主義學說，還曾起草一份《共產主義政體計畫》（不存）。一八七一年五月，他曾分別寫信給伊藏巴爾和友人德莫尼，陳述有關詩的新觀念，文學史上稱之爲「通靈者書信」。一八七一至一八七三年，是韓波與另一位詩人魏崙密切交往時期，這種不同於一般的友誼致使魏崙家庭不睦，史家說這種關係是一種同性戀。一八七二年七月，兩位詩人同去布魯塞爾，九月去倫敦，韓波十二月返回夏爾維爾。一八七三年二月又去倫敦與魏崙相會，四月同回法國，五月又去倫敦。

他們在倫敦實際上過著流浪生活，曾得到公社流亡戰士的幫助；但兩人相處時有爭執。七月，兩人先後回到布魯塞爾，七月十日因發生爭吵，魏崙用左輪手槍擊傷韓波右手腕，韓波住進布魯塞爾聖約翰醫院治療，兩人因此涉訟，最後韓波撤回起訴，此即所謂布魯塞爾事件。同年十月，韓波在布魯塞爾一家出版商處自費印成《地獄一季》五百冊，這是詩人唯一一本手訂的散文詩作品。但韓波僅取走樣書六冊分贈友人，即棄之不顧（欠款也未付清），幾百冊《地獄一季》一直堆放在倉庫內，到一九〇一年方才被一位藏書家發現。一八七三年後，韓波基本上放棄文學生活。一八七四年曾與友人再度前去倫敦。此後直至一八八〇年的六、七年時間，幾乎兩手空空、頻繁隻身出走：一八七五年去德國斯圖加特，經瑞士越阿爾卑斯山到米蘭，後被裏窩那法國領事館遣返馬賽；一八七六年去維也納，被奧地利警方驅逐出境，徒步從德國南方回到法國；後在布魯塞爾應荷蘭外籍軍團招募，隨外籍軍團乘船遠走爪哇，並進入爪哇內地。後又潛逃，在蘇格蘭船上當水手，返回歐洲在愛爾蘭上岸，然後經巴黎轉夏爾維爾；一八七七年去德國不來梅，去瑞典斯德哥爾摩、丹麥哥本哈根，又去義大利羅馬；一八七八年去漢堡、瑞士等地，去地中海塞浦路斯；一八八〇年再度去塞浦路斯，在一處工地任工頭，因待遇不佳，輾轉前去亞丁，在一家法國開設的商行任職，同年被派往衣索比亞哈拉爾商行分號任事。他一個人在哈拉爾任事達十年之久。一八九一年二月開始右膝腫痛異常，四月被抬回亞丁，五月抵馬賽，住進醫院，手術截肢，鋸掉右腿；出院回故鄉。八月舊病復發，腫瘤擴散，又去馬賽醫院求治。一八九一年十一月十日不治身亡，享年三十七歲，留下詩篇六十餘首，散文詩專集《地獄一季》和《彩畫集》兩種，以及大量零散詩作、書信等。

韓波從一八七〇年（十六歲）以後直到生命最後一息，似乎始終處於一種躁動不安、焦灼求索的狀態。身爲詩人，他的詩作大體到一八七四年即告結束，有如流星從夜空閃過，在他的詩篇中可以突出感到那種力度和震動，奇麗眩目。當詩人捨棄文學遠走非洲，他的聲名在巴黎正與日俱增。《彩畫集》於一八八六年在居斯塔夫·卡恩主編的雜誌《時式》（La Vogue，五—六月號）上發表，距詩人棄世不過五年，詩人對此卻全不與聞。魏崙收集韓波散文詩意欲發表，時間更要早一些，其間幾經周折方將手稿找到，彙集在一起計有三十八首。這三十八首散文詩既無中心主題，也是無序的，發表的排列順序形式，是刊物有關人士確定的。同年又由《時式》出版單行本，編排順序又有變化。一八九五年瓦尼埃版全集本中，《彩畫集》增加新找到的手稿五篇。一九四九年法蘭西水星出版社出版布伊阿納·德·拉科斯特評注本《彩畫集》，除其中有六篇拉科斯特當時不曾見到的原手稿外，其餘各篇均經精心考校訂正；直至一九五七年善本書社（Club du meilleur livre）版，才將上述六首按發現的手稿校訂。一九四六年羅蘭·德·勒內維爾與于勒·穆凱編定七星叢書全集本《彩畫集》收四十四首，其中有一首按殘稿僅留下半句（無題）。一九七二年安托萬·阿達姆❶編定七星叢書新全集本《彩畫集》收四十二首，編排順序與一九四六年七星叢書全集版自第三十首以後有變動調整，僅留有半句的一篇抽下，最後一首不列入《彩畫集》，與另發現的兩篇相關手稿合併爲〈福音

散文〉三節。此處譯出的《彩畫集》即按一九七二年七星叢書全集本組成形式排列。❷

《彩畫集》寫成時間無法確定。按內容和有關資料考察，這四十二篇散文詩的寫成背景，可以肯定與詩人同魏崙結交、倫敦之行、布魯塞爾事件相關。魏崙在一八八六年爲瓦尼埃版《彩畫集》所寫序言中指明「寫於一八七三年至一八七五年間」，可以爲據。當今批評界一般只能以魏崙指出的時間爲準，即在布魯塞爾事件之後，一八七三年七月至一八七五年二月。其中〈虔敬之心〉，有注釋家認爲與詩人北歐之行有關，又有些詩篇中所寫有關異域景物，又與詩人一八七六年爪哇之行有關，因此關於寫成時間至今仍有爭議。關於這一組散文詩的總標題*Illuminations*，最早提出的見之於魏崙書信，據稱Illuminations是一個英文語詞，意思是彩色版畫，韓波本人也曾以Painted plates兩字做爲這些詩作的副題。英國研究者對此則有不同看法，認爲 Illuminations做爲英文並非彩畫之意。既然詩人自己對這一詞做彩畫解，所以一般認爲尊重詩人本意爲是。韓波本人對自己的詩稿一向不加注意，故《彩畫集》各篇得以集中發表乃幾經轉折，時間延續近十年之久。有關《彩畫集》的問題，多年來已成爲韓波研究中一個曠日持久的學術討論課題。集中各篇顯然不是在一個確定的主題下一氣呵成，據說原手稿分別寫在不同紙

❶安托萬・阿達姆（Antoine Adam），索邦大學名譽教授，一九七二年七星叢書新版《韓波全集》編定、注釋者。

❷本書所選韓波詩作及書信，均根據法國加利瑪出版社一九七二年版七星叢書安托萬・阿達姆編定之《韓波全集》的文本譯出。參見附後的題解。另外，附後題解亦取自該書編者阿達姆的注釋，應該在此交代一下。

張上，筆跡也不相同，且多有改動，也沒有編注頁碼，最具權威性的意見應屬於魏崙，但他之所知也並不詳確，而且說法前後不一。有研究者將《彩畫集》各篇大體分爲幾類，如〈故事〉、〈王權〉、〈工人〉、〈流落〉、〈黎明〉、〈波頓〉等歸於敘事一類；〈童年〉、〈人生〉、〈守夜〉、〈青春〉，包括對於已不存在於世或新出現的人物，如〈古意〉、〈守護神〉等屬於回憶聯想一類；〈洪水之後〉、〈致某一種理〉、〈野蠻〉、〈虔敬之心〉等是祈願、祝頌類；描述類有〈輪跡〉、〈城市〉、〈花卉〉、〈海角〉、〈橋〉等；有關節慶一類則有〈滑稽表演〉、〈冬天的節日〉、〈Fairy〉、〈演劇〉等。這種分類雖可供參考，便於理解作品的內容體制，但如類似遊戲之作〈H〉、表現某種沈痛感情的〈焦慮〉、〈大拍賣〉等，就很難歸入上述任何一個方面。韓波爲什麼到後來放棄寫傳統形式的詩作，轉而致力於散文詩？這顯然與波特萊爾著名的散文詩發表之後，巴黎詩風的變化有關。當時寫散文詩以及自由詩的作家很多，馬拉美即寫有許多散文詩作品，已成爲傳世之作。

《彩畫集》長期以來成爲批評界聚訟紛紜的課題，除上述原因外，還在於詩集本身獨特的形式和詭譎難解的含義，這與詩人新的詩學和創造性探索有關。韓波提出：詩人必須成爲「通靈者」，「無比崇高的博學的科學家」，「通過長期、廣泛和經過推理思考的過程，打亂所有的感覺意識」，通過所謂「言語的煉金術」，尋求一種「綜合了芳香、音響、色彩，概括一切，可以把思想與思想連結起來，又引出思想」，「使心靈與心靈呼應相通」的語言，以求達到「不可知」。這「不可知」也並非某種形而上的客體，有時又與他詩中所說的未來的「社會之愛」有關，也可能是某種理想（當時正是空想社會主義思潮很盛的時期）。又說，詩人「用詞語幻覺解釋我各種像中了魔法那樣的詭論」，「我終於找到我精神迷亂的神聖性質」，這是他在《地獄一季》中提到的。以上種種，可以說就是韓波的象徵主義。附後譯出茨維坦・托多羅夫對《彩畫集》的分析意見，或許有助於人們了解這些散文詩作品的性質和特點。但是，一百年以來，注釋家和研究者多方探索韓波這些詩作，似乎也未能完全證實這些詩作產生的原因，也未能完全窮盡詩中容納的意義。也許其中呈現出某種模糊性與不可確定性，正是這一類詩的現代性之所在，其影響是深遠的。還可以補充一句，儘管原作有晦澀難解的情形，但是十九世紀七〇年代法國生活那種氣氛依然不難感知，對於詩人所處的文化傳統，包括基督教神學意識，那種沈重精神負擔和極爲沈痛的呼號，其迴響也是可以聽到的，韓波說：「精神上的搏鬥和人與人之間的戰鬥一樣激烈殘酷（《地獄一季》）。」閱讀這些詩篇，似乎有一種桀驁抗世的話語在耳際縈回。

王道乾

一九八八年二月

目次

地獄一季

序詩❶

過去，如果我記得不錯，我的生活曾經是一場盛大飲宴，筵席上所有的心都自行敞開，醇酒湧流無盡。

一天夜裏，我把「美」抱來坐在我的膝上。——後來我發現她苦澀慘澹。——我對她又恨恨地辱罵。

我把自己武裝起來，反對正義。

我逃走了。女巫，災難，仇恨，啊，我的珍奇財富都交託給你們！我把人類的全部希望在我思想裏活活悶死。像猛獸撲食，我在狂喜中把它狠狠勒死。

我叫來劊子手，我在垂死之間，用牙咬碎他們的槍托。我召來種種災禍，我在黃沙血水中窒息而死。災難本來就是我的神祇。我直直躺在污穢的泥水之中。在罪惡的空氣下再把我吹乾。我對瘋狂耍出了種種花招。

可是春天卻給我帶來白癡的可憎笑聲。

最近我發現我幾乎又要弄出最後一次走調❷。

❶原詩無題。全詩寫成後，再寫此篇，置於全詩之首，做爲序詩。

我只盼找回開啓昔日那場盛宴的鑰匙，也許在那樣的筵席上，我可能找回我的食欲，我的欲望。

仁慈就是這樣一把鑰匙。——有這樣一個靈感，表明過去我確實做過一場美夢！

「你還是做你的豺狼去，以及其他等等……」魔鬼給我戴上如此可愛的罌粟花花冠，這樣喊叫。「帶著你的貪欲，你的利己主義，帶著你所有的大罪，去死。」

啊！我得到的是太多了：——不過，親愛的撒旦，我請求你，不要怒目相視！稍等一下，卑怯隨後就出現，你喜歡作家缺乏描寫才能或沒有教育能力，做爲被打下地獄的人，這是我的手記，這幾頁極爲可厭的紙張我撕下來送給你。

❷樂器的失音走調。

壞血統

我從我高盧祖先那裏得到藍白相配的眼目，狹窄的顱骨，戰鬥中的拙劣無能。我發現我穿的衣服和他們一模一樣，同樣的野蠻。不過我不在頭髮上塗抹油脂。

高盧人是剝獸皮的人，在他們那個時代，他們是最荒謬、最低能的燒草放荒的人。

我從他們那裏還繼承了偶像崇拜和褻瀆神聖的惡癖；——哎呀！我還繼承了他們的種種惡習、暴躁易怒、驕奢淫逸，——奢華，多麼美妙；——尤其是說謊，還有怠惰。

不論什麼行業，我都怕，我不幹。師傅和工人，所有的農人，都卑微下賤。拿筆的手比扶犁的手強得多。——怎樣一個手的時代啊！——我不會有屬於我的手。後來，役使奴僕用得太濫，也太過分。行乞的正直磊落也讓我悲痛難堪。罪犯也像閹人那樣可憎可厭：我啊，幸好沒有受到傷損危害，完好如初，不過，我也無所謂。

但是！是誰把我的舌頭弄得這般惡毒、這般凶險，竟讓它指引並監護我的怠惰，以致到了這等地步？要活下去也不願動一動自己的身體，比癩蝦蟆還要懶散，我到處鬼混，得過且過。歐洲多少家族，我一家也不認識。——我知道的，只有像我家這樣的家庭，堅守人權宣言的家庭。——這種家庭生養出來的子弟我都認識，我都深知。

如果我個人歷史中也含有法蘭西歷史的某一點，那該多好！

但是，沒有，一點也沒有。

所以，對於我，很明顯，我原本就屬於低劣種族。我不可能理解什麼是反抗。我所屬的種族只知起而掠奪：就像狼只知攫取還沒被牠們咬死的牲畜。

法蘭西的歷史，我還記得，法蘭西，教會的長女。我做為賤民，本心也想遠行，前往聖土；在我這腦袋裏也知道施瓦本平原上有條條大道，拜占庭的風景，索利姆的圍城❶；在我內心深處，在千百種反宗教的仙山勝境繚繞之間，也有對馬利亞的崇拜，對釘在十字架上受難者的深情。——我大痲瘋長滿一身，在烈日照射的牆腳下，我呆坐在破瓦罐和蕁痲上。——後來，我成了德籍僱佣兵的老江湖，在德國的黑夜裏踽踽獨行，不知投奔何處。

啊！還有：我在林中空地紅光閃閃下，和老婦幼童在魔巫夜會上狂歡亂舞。

這塊土地，還有基督教，我都沒有忘記。除此之外也無從回憶。對於這樣的過去，我頻頻回顧，永無止期。不過，永遠是孤獨一人；沒有家；甚至，我講的是何種語言，自己也不知。基督的教示，我從來沒有聽取；領主的教訓，我也不得而知，——領主，就是基督的代表。

❶施瓦本平原，德國南部符騰堡與巴伐利亞間的地區；索利姆，即耶路撒冷。此處所述施瓦本、拜占庭、索利姆，指十字軍東征所經途程。

在上一個世紀我曾是怎樣的人：我只見到我的今日。漂泊生涯已屬過去，曖昧不明的戰爭也成爲往事。低劣種族蓋過了一切——正如人們所說，人民出現了，已經有了理性；民族國家和科學出現了。

啊！科學！人們已經無所不知。爲了靈魂和肉體，——臨終聖體，遠行必須付出的代價，——人們又有了醫學和哲學，——偏方土藥，還有調弄得很好的民間謠曲。還有君王的娛樂消遣，還有他們嚴禁外傳的遊戲。還有地理學，宇宙結構學，力學，化學！……

科學，新貴族階級！這就是進步。世界在前進！世界怎會不照常運轉？

這就是數❷的圖景意識。我們要走向「聖靈❸」。這是確定不疑的，這是神諭，這就是我說的話。我完全理解，不用異教言語說話就不能明白解釋自己，我寧可沈默無言。

異教的血液又回來了！「聖靈」近在咫尺，爲什麼基督不來扶助我，給我的靈魂以高貴和自由。「福音」已經一去不返！福音！福音。

我在等待上帝，等得我垂涎三尺。我是永生永世歸於劣等種族了。

❷即數量、數學的數。
❸聖靈（Esprit），另一義爲精神。

我現在在阿爾摩裏克❹海岸。讓都城在暗夜裏放出光華，燦若白晝。我這樣的一天已告完成；我要離開歐洲。海風熏炙我的肺腑；遙遠海外的氣候把我炙曬成一身棕黑皮肉。在水中游泳，咀嚼藥草，獵取野獸，吸菸；飲用多種烈酒，酒之酷烈如同熔化的金屬，——就像我可愛的祖先，圍著篝火，又是吸菸又是喝酒。

總有一天我還要回來，肢體變成生鐵鑄成的，皮色黝黑，眼目如狂如怒：人們看看我這副面具，就斷定我是出自一個強悍的種族。我將擁有黃金：我將優遊自主，而且粗狂野蠻。有許多女人照料看顧這些從熱帶返回的凶野的殘廢人。我將參與政治事務。得救了。

現在，我依然是被詛咒的人物，祖國，我怕它，我無法忍受。最好是橫身躺在沙灘上醺醺入睡。

並沒有動身出行。——還是讓我們在這裏循著這些道路往前走，我的邪惡也隨身帶上，這邪惡自從進入理性之年，就將它痛苦的根鬚延伸生長在我的胸膈之間——這邪惡正在不斷上升，它鞭撻我，把我打翻在地，把我拖來拖去。最後的純眞，最後的恐懼。這是早已說定了的。不要把我的憎惡和我的背叛也帶給世界。

❹即今法國布列塔尼地區，七世紀以前，稱阿爾摩裏克。

好了，好了！跋涉，重負，沙漠，厭倦，還有憤怒。

我出租給誰？應該崇拜哪個畜牲？對準哪個神聖的形象發起攻擊？要我撕爛哪些人心？我應該講什麼謊言？——在怎樣的血液中開路前進？

還是把正義保住吧。——艱難困苦的生活，還有麻木不仁，——把手擦乾，掀起棺蓋，坐進去，悶死。這樣，沒有衰老，沒有危險：恐怖不屬於法國所有。

——啊！我完全被拋棄了，我完全可以向任何神聖形象奉獻我對於完善一心向往的狂情。

啊，我的自我犧牲，我的捨棄，啊，我絕妙的慈心仁愛！畢竟是在人世，畢竟是在這個世界上！

De profundis Domine❺，我蠢極了，蠢極了！

當我還是孩子的時候，就很敬慕關在牢中不屈的苦役犯；我曾經遍訪他逗留過、已成爲聖地的小旅店和出租的陋室；我還按照他的觀念去觀望藍色的天宇和田野上揚花的莊稼；我在許多城市都覺察到他的命運。與聖徒相比，他更強大有力，比旅人更富於良知——他，只有他！他是他的榮耀和他的理性的證明。

❺爲亡靈祈禱的拉丁經文首句，引之以示對宗教信念的嘲弄。

在路上，在隆冬之夜，沒有投宿地，沒有寒衣，沒有麵包，有一個聲音把我凍結的心揪得緊緊：「軟弱或者強大，這就是你，就是力量。你不知投奔何處，你不知到哪裏去，也不知爲什麼要去，你無往不在，無所不應。反正是死屍一具，你是殺不死的。」在清晨，我張開眼看，茫然無所見，有形而無質，以致路上遇到我的人看見我也無所見。

在城裏，我突然看到污泥穢土都呈紅黑二色，就像鄰室燈光晃動下的一面明鏡，林中深藏的珍奇！我驚叫：是幸運，是機遇，我看到滿天濃煙火焰瀰漫；於是，左右前後，所有財富珍奇如同一場大火那樣燃燒，如同數不清的雷電噴湧迸發奇光四散。

但是，狂歡縱飲，與女人交好，對我是禁止的。我一個同伴也沒有。我看到我前面站著的是激怒的人群，行刑隊也站在我的面前，因爲我爲他們所不理解的災禍痛哭，而且我還要寬恕！——像貞德那樣！——「教士呵，教師呵，律師呵，你們押我去審判，你們錯了。我本來不屬於這類人；我從來不是基督徒；我屬於肉刑鞭撻下引吭高歌的那個族類；我不知道法律；我沒有道德意識，我是一個粗胚，一個蠻人：你們搞錯了……」

是的，在你們的光照下，我只能閉上眼睛不看。我是一匹獸，我是黑奴❻。但是我

❻韓波一八七三年五月在一封信中稱他正在寫「散文體的小故事」，題作《異教之書》（*Livre païen*）或《黑人之書》（*Livre nègre*），一般認爲此即《地獄一季》最初的題目。此處譯爲黑奴以與下文「黑人」（假黑人）有所區別。一八九〇年二月二十五日，韓波在一封信中說到「所謂文明國家的白種黑人」，即此處所說商人、法官、將軍、帝王之類。

可能得救。你們是假黑人，你們這些狂人、暴徒、貪鄙的吝嗇鬼。商人，你是黑人；法官，你是黑人；將軍，你是黑人；帝王，你這個老鬼，你這個發癢症者，你是黑人：你喝免稅的甜燒酒，撒旦搞出來的貨色。——這類人生活在熱病和癌症的控制下。衰竭和衰老的人因此受到尊敬，他們期求把自身煮沸消毒。——最大的壞蛋應該離開本大陸，這個大陸，瘋狂正在不懷好意地到處遊蕩，俘擄窮人當做人質。我已進入含❼的子孫後代的眞正王國。

大自然，我還認識自然嗎？我還認識我自己嗎？——不用說了。我把死去的人全埋葬在我的肚子裏了。喊吧，叫吧，打起鼓來，跳呀，舞呀，跳舞，跳舞呀！白人上岸，我就墮入虛無，連這樣的時刻我也看不到了。

飢餓，焦渴，呼叫，跳舞，跳舞，跳舞，跳舞！

白人登陸。火炮轟鳴！必須匍伏下來屈服，接受洗禮，穿上衣服，辛苦勞動。

我的心，受到致命的一擊。啊！這我事先可沒料到！

❼是諾亞的三個兒子之一。大洪水後，諾亞種植葡萄園，「他喝了園中的酒便醉了，在帳棚裏赤著身子。迦南的父親含，看見他父親赤身，就到外邊告訴他兩個弟兄……」因此迦南受到咒詛，被咒爲人奴。見《聖經·舊約·創世紀》第九章。

我沒有做過任何壞事。今後的日子將會過得輕鬆，悔恨之苦在我可以免除。我幾乎已經死去的靈魂，今後不會再受到什麼煎熬痛苦，死去的靈魂已泛出肅穆的光輝，像喪儀上燃起的白燭。一個家族長子的命運，就是一具由晶瑩淚水過早封蓋的棺木。邪行放蕩是愚蠢的，邪惡也是愚蠢的；污穢腐敗應該拋開。但是，時鐘不會永不敲響，除非純潔的痛苦時刻來臨！我一定像一個幼童那樣，被撫養成人，以便忘卻一切苦難，在樂園中嬉戲。

快，快！有別種生命嗎？——在豐足富有中睡眠是不可能的事。財富永遠屬於公眾。只有神的那種愛才能賜予開啓科學的鑰匙。我看自然是善的盛大展示。幻念，理想，謬誤，永別了。

天使的理性歌唱從救世之船升起：這就是神的那種愛。——雙重的愛！我能夠死於塵世的愛，死於獻身。那些人，那些靈魂，我已經捨棄了，因爲我之遠離，他們的痛苦只會有增無減！你們從許多遇難沈淪的人之中選出我；留下的人，他們是不是我的朋友？

也救救他們！

理性已經在我身上產生。世界是好的。我要讚美生活，我要祝福生命。我要愛我的兄弟。這不是童年的期許。也不是借此希望逃避衰老和死亡。上帝給了我力量，我讚美上帝，讚頌上帝。

厭倦不再是我鍾愛之所在。激怒，惡行，瘋狂，它們的種種衝動和禍害，我都清楚，——我所有的沈重負擔都可以解除。請珍視我的天眞無辜，這種天眞開闊明朗，不會讓你感到暈眩不能自持。

我大概不會要求自我鞭撻以激勵自己。讓耶穌基督充作岳父大人，和他一同乘船前去舉行婚禮，我相信我不會做出這種事。

我不是我的理性的囚徒。我說過：上帝。我只求在得救之中保持自由：如何求得自由？輕浮無聊的惡癖我已經放棄。毋需什麼獻身，更不需要神聖的愛。過去那個心靈明慧的時代我並不惋惜。人各有自己的理性，各有各自的鄙視，也有自己的仁慈：我在天使良知的最高一級保留了我的席位。

至於現已建立的福祉，不論是馴順如奴隸與否……不，不，我都無能爲力。我太放縱自己，心早已分散，太軟弱了。生活因爲辛勤勞作，正像繁花怒放那樣繁榮，這是由來已久的眞理：我呢，我的生活負擔也不太重，我的生活飄飄搖搖，浮盪在行動的上方，這是這個世界上一個小小的可珍視的位置，一個點。

我因爲缺乏熱愛死亡的勇氣，已經成了老處女！祈禱，願上帝賜予上界天使般的安寧——像古代的聖徒那樣。——聖徒！強人！隱修士，古代的藝匠，已經不合時宜了。

無休止的鬧劇！我的天眞只能讓我悲泣，生存是人人都必須扮演的滑稽戲。

夠了，夠了！這就是懲罰。前進！

啊！胸口有火在燃燒，時間在咆哮！正因爲有這樣一輪太陽，我眼中卻是黑夜茫茫！心……四肢五體……

到哪裏去？去戰鬥？我是弱者！別的人正在前進。工具，武器……時間！……

開火吧！對準我開槍！打吧！我投降。——懦夫！——殺死我吧！讓我匍伏在奔馬的鐵蹄之前！

啊！……

——我會習慣的，我可以適應。

也許這就是法國的生活，通往榮譽的小徑！

地獄之夜

我吞下一大口毒藥。——給我這麼一個好主意，眞該三倍地祝福！——五臟六腑烈火燃燒。

毒性猛烈，我的四肢五體痙攣抽搐，我扭曲變形，倒翻在地。我渴死，我窒息，透不出氣，叫也叫不出。這就是地獄，永恆的懲罰！你看，火焰往上竄！把我燒個夠。滾開，魔鬼！

皈依良善和幸福，得救之路，我已經隱約看到。即便我能說出看到的景象，地獄也容不得讚美詩！有難以數計美好動人的創造物，有芬芳靈智的樂曲，力量與和平，高尚的壯志雄心，我知道什麼？

高尚的雄心壯志！

依舊是那樣的生活！——罰入地獄莫不是永生永世！——人欲自毀自傷，必下地獄，是不是？我信我已落下地獄，所以，我就在地獄。這就是親身踐行教理。受洗即賣身，我自是我受洗禮的奴隸。父母呵，你們造成我的不幸，也造成你們自己的不幸。可憐的無辜的人！——地獄傷不到異教之人。——照樣還是生活！往後，下地獄的快樂將更深不可測。按照人世的律法，一次犯罪，我立即就被打入虛無。

你不要說，不要說了！……在這裏，責難就是恥辱：撒旦說火是愚蠢的，我的憤怒也愚不可及。——教唆我去犯錯誤，施魔法，假香料，幼稚的無聊的音樂。夠了，夠了！……——說我握有眞理，說我看到了正義：我有健全、明確的判斷力，說我已臻於完美……那是傲慢。——我的頭皮在乾裂。主啊，憐憫吧！我怕，我怕。我只覺焦渴，渴死了！啊！童年，綠草地，喜雨，岩石上的碧水藍湖，鐘樓敲響午夜十二時的月光❶……在這樣時刻，魔鬼正躲在鐘樓上。馬利亞！聖母！……——我這種愚蠢，可怕至極。

在那裏的難道不都是正直的靈魂？不都對我懷有善意？……來吧……我拿枕頭堵住我的嘴，他們聽不到我說話，他們是遊魂。此後，誰也不需想到他人。誰也不要接近。我聞到焦臭味，肯定是焦臭味❷。

幻影重重，無窮無盡。我所見到的永遠都是如此：歷史不可信，原則全忘記。我將來也不說：詩人和看到異象的人會嫉恨在心。我是千倍地富有，我們須像海洋那樣慳吝。

啊！生命之鐘剛剛停下。我在這世上已不復存在。——神學絕不苟且，地獄肯定在地下——蒼天在上。——出神坐忘，噩夢，火巢中的沈睡。

❶有研究者認爲這一句與魏崙《平行集》中一首題作〈月〉的十行詩的某句相同。其間關係無法確證。

❷宗教裁判所用火燒死持異端者。聞到焦臭氣息，即表示有異端在。

在關注農耕操持之間，有多少惡念，多少狡獪……撒旦，費爾迪南❸，帶著野草種子到處亂跑……耶穌從紫紅色荊棘叢中走過，也沒有壓折荊棘……耶穌還曾在激盪的水面上行走。那盞燈照著他，他佇立在那裏，身穿白衫，鑲有棕色飾帶，腰際有一條翠綠色水痕❹……

我要揭開所有的祕密：宗教的神祕，或自然中的神奇，生，死，過去，未來，宇宙肇始，混沌空無。我是施展魔幻奇景的法師。

請聽！……

各種才能我都不缺少！——這裏空無一人，可是畢竟有著那麼一個人：我絕不願把自己的財富珍奇分散施予。——誰想聽取黑人之歌，看女仙之舞？誰想要我消隱無蹤，下水尋找一枚指環❺？要不要？我能變出黃金，引來起死回生的藥石。

你們要信我，信仰可以減輕痛苦，指引道路，拯救災殃。來來，你們都來，——小孩也來，——我給你們安慰，我把心分給你們，——奇妙美好的心！——可憐的人，苦工們！我不要求祈禱；只要你們一心信任，我就自覺萬幸。

——想一想我。好讓我對人世不要過於感到惋惜。不再痛苦就是我的好運。可惜我

❸據說在韓波故鄉一帶，稱魔鬼爲費爾迪南。
❹《聖經・新約・約翰福音》對耶穌有類似的記述。
❺有注釋家說，這是指潛入水中尋出指環那種遊戲；又有人說是指日爾曼神話中的故事。

這一生僅僅是幾次小小的癲狂，可惜。

啊！有什麼怪相想得出就全擺到臉上來。

千眞萬確，我們這是在世界之外。杳無人聲。我的觸覺已經消失。啊！我的城堡，我的薩克森❻，我的柳林。黃昏，清晨，黑夜，白晝……我只覺得厭倦。

我應該讓我的地獄化爲憤怒，化爲驕傲，——以及輕拂愛撫的地獄；一首地獄協奏曲。

我因爲厭倦而死去。這就是墳墓，我將委身於蛆蟲，恐怖中的恐怖！撒旦，你這愛調笑的滑稽演員，你想施展你蠱惑人的魅力把我分解滅絕。我抗議。我抗議！長柄叉一叉，再加上火一把。

啊！再起來，死而復生！看看我們如何變形，變得醜惡。還有這毒藥，該詛咒的一千次的吻！

我的軟弱，人世的嚴酷！我的上帝，憐憫吧，請把我隱藏起來，我支援不住了！

——我被隱匿藏起，所以我就不是那個我。

是火焰，火焰捲著罪人升騰而起。

❻薩克森在德國東部地區，舊省；今包括萊比錫區、德勒斯頓區和卡爾馬克思城區。城堡、薩克森、柳林，傳說故事中的美麗景物。

譫妄一

瘋狂的童貞女

下地獄的丈夫

請聽地獄中一個同伴的告解：

「噢，上界的丈夫，我的主，不要拒絕你最悲慘的女奴懺悔告白。我是毀了。我醉得昏天黑地。我是不潔的。怎樣的生活啊！

「主在上，饒恕我，饒恕我！啊！饒恕！流了多少眼淚！今後眼淚還要流，我希望流不盡！

「天上的丈夫，以後，我會認識你，了解你！我生來注定屈從於『他』。——別人現在盡可把我狠打！

「當前，我是在人世的最底層！我的那些女伴啊！……不，不，不是我同伴……從來不曾這麼暈眩，這麼痛苦，從來不曾有過……這是多麼愚蠢！

「啊！苦啊，我哭，我叫。我痛苦至極。反正拿我怎樣都行，反正我這人連最可鄙的心都要蔑視。

「讓我們把眞心話說出來，哪怕重複二十遍也不怕，——反正是一樣，反正都是又悲又慘又瑣碎！

「我是那個下地獄的丈夫的奴隸，他就是那個失去幾個發瘋的童貞女的男人。就是那個魔鬼。不是鬼，不是鬼魂。是我，是我不愼失德，死在人世，罰下地獄，——殺死我也不可能！——怎麼給你細說！甚至說也說不清。我服喪戴孝，我哭了又哭，我害怕。主啊，要是願意，賞我一點新鮮空氣，垂顧於我！

「我是寡婦……——我早就成了寡婦……——沒錯，我從前很嚴肅很規矩，我出生不是爲了成爲骷髏白骨！……——他那時候幾乎是一個孩子……他以種種神祕的溫柔體貼誘惑我。順從他，我就把自己爲人的責任忘在腦後。這是什麼生活啊！眞正的人生根本沒有。我們也沒有眞正活在人世。他去哪裏，我就跟去，理當如此。他常常對我發怒生氣，我啊，可憐的靈魂。魔鬼！——是一個魔鬼，你知道，那不是一個人。

「他說：『我不愛女人。愛情還有待發明，你知道。女人什麼也不行，只想有一個可靠的地位。地位一有，心和美就拋開不顧：當今，只剩下冰冷的蔑視，婚姻的食糧。要不然，我看到有些女人，帶著幸福的標誌，我呢，我也可以和她們結成夥伴，首先就讓多情敏感的蠻人生吞活剝，就像一堆乾柴……』

「我聽他把無恥當做光榮，把殘忍當做魅力。『我是來自遠方的種族：我的祖先生在斯堪的納維亞：他們在胸部兩旁穿刺，喝自己的血。——我在我身上劃下一道道傷口，我給自己紋身，我願變得像蒙古人那樣醜怪：你看，我到街上去尖聲號叫。我要變得癲狂，我要發瘋。不要拿珍珠寶石給我看，我只趴在地毯上，扭成九曲三節。我的財富珍寶，我要拿血把它染得鮮血淋漓。我絕不工作勞動……』他那個魔鬼把我纏了好幾夜，我們滾在地上，我跟他撕打扭鬥！——在夜裏，他常常喝得酩酊大醉，站在街上，或者是在房裏，把我嚇得要死。『有人眞把我脖子割斷；那該多麼可厭。』噢！處在這樣的日子，他只想帶著犯罪的神色向前走出！

「有時，他用講隱語那種軟綿綿的語調，講述那些叫人深自悔恨的不幸人士的死，不幸的人確實有，艱辛的工作，撕裂人心的訣別，確實有。在下流小酒館我們都喝得醺醺欲醉，他覺得我們周圍那些人就是受苦受難的牲畜，因此而痛哭流涕。在那不見天日的陋巷，他扶起倒下的醉漢。他有著一個很凶的母親對待自己幼兒的那種悲憫。——他懷著少女前去領受教理那種殷勤美好的情意，竟自遠去。——他裝作對人世一切都已經了悟，什麼商業，藝術，醫學。——當然，我一定跟著他去！

「在精神上，他在他四周裝點起來的一切，我看得清清楚楚；衣裝，床褥，家具擺設：我爲他提供了一些紋章徽志，那是另一種面目。與他有關的一切，我看那是他有意爲自己創造出來炫示的。當我看到他精神萎靡無力，我，我還是跟他進入種種奇異、複雜的行動之中，是好是壞，遠遠地看：我可以肯定，他的世界我從來不曾進入。有多少次黑夜，經過多少時間，我守候在他那可愛的酣睡的身體旁邊，總想弄清他爲什麼要避開現實。男人從不曾有這樣的意願。我意識到，——對於他那是無所懼的，——他可能是社會中的一大危險。莫非他手中掌握了改變生活的祕密？

「不，他不過是在尋求探索，我經常對自己這麼辯解。一句話，他的仁慈是有魔力的，我成了他的仁慈的俘虜。任何靈魂都不會有力量，——絕望的力量！——承受這種力量，——受到他的保護和他的愛。再說，我也容不得他和另一靈魂同在我面前呈現：人只看見自己的天使，不得見他人的天使，——我相信是這樣。我顯現在他的靈魂之中，就像在一座出空的、不容不如你高貴的人出現的宮殿一樣，就是這樣。啊，一切都指望於他，少不得他。但是我這黯淡懦弱的存在，他又意欲怎樣？他如果不讓我死，也沒有讓我更好！我是又悲又惱，有時我對他說：『我知道你。』他聳聳肩，理也不理。

「就是這樣，我的苦惱有增無減，我看著自己在迷途上愈走愈遠，——如不是受到懲罰，人人把我忘記，他們也願拉住我，不讓我墮落！——我卻更加急切渴求他的善意。他親切的吻和擁抱，就像是上天，陰暗的天堂，我走進這陰森的天界，我寧願被拋在這裏，可憐無告，又聾又啞，瞎了眼看不見。那對於我早已成了習慣。我看我們很像兩個好孩子，在這可悲可慮的天堂，也算是自由自在。我們曾經融洽一致。我們都很動心，我們一起工作，共同生息。但是，一次深切動心的愛撫之後，他說：『這裏沒有我，你也過得去，你看這多有趣。你的頸下不需要我的手臂去摟抱，你用不著靠在我供你休憩的心上，也不需這嘴去吻你的眉眼。因爲我要走，總有一天我要遠離。因爲我應該去幫助別人：這是我的責任。儘管說不上有趣……，親愛的靈魂……』他要走，立時我只覺天旋地轉，跌進最可怕的黑暗：死。我要他許諾不和我分離。情人的許諾，他重複了二十次。他的諾言正如同我對他說『我了解你』一樣無謂，同是空話。

「啊！我從來不曾妒嫉他。我相信，他不會離開我。後來怎樣？他沒有知識，沒有工作。他只想像夢遊人那樣活下去。僅是善良和仁慈，竟能賦予他在現實世界生存的權力？有時，我忘記自己深陷悲憫的心境：他讓我變得堅強，我們一同外出旅行，到沙漠中去行獵，一同睡倒在陌生城市的石板路上，無所牽掛，無憂無慮。有一天我一覺醒來，法律風俗全變，——全憑他的魔力，——世界依然如故，照舊讓我們隨心所欲，有我的歡樂，任我閒散任意。噢！我受過多少苦，你把兒童書上才有的生活也分給我當做補償？他不能。我不知道他的理想是什麼。他告訴我，他有悔恨，也有希望：當然與我完全無關。他也向上帝傾訴？也許是我該投向上帝。我被貶在深淵最底層，再也不知應該怎樣去祈禱。

「如果他向我傾訴他心中的悲哀，我是否比聽他的嘲笑還更能理會？他打我，他把世上凡是涉及我的，都用來狠狠折磨我，讓我羞愧難當，一說就是幾小時，我要是哭，他就怒氣咻咻萬分惱怒。

『你看看這個漂亮的年輕人，走進一處美麗安靜的住宅：他叫杜瓦爾，迪富爾，阿爾芒，莫理斯，叫什麼，誰知道？有一個女人，忠心熱愛這個壞蛋、白癡：她死了，現在肯定已經上升天界成了聖女。你就仿效他害死那個女人，把我也害死。這是我們的命運，仁慈的心……』唉，唉！所有活動著的人，在他看來就像那瘋狂手中捉弄的玩物，他有時也是這樣：長時間狂笑不止，非常可怕。——後來他又恢復了年輕母親、可愛的姊姊那樣的情懷舉止。他如果不是那樣凶惡，可能我們早已得救！他的溫情同樣是致命的。我只有俯首聽命。——啊！我是瘋了！

「也許，有那麼一天，他會不可思議地從這裏消失；如果他也飛升上天，登上某一處天界，那就該讓我也知，讓我親眼看看我心愛的人得道升天！」

眞是一對有趣的夫妻！

譫妄二

言語❶煉金術

與我有關。我的種種瘋狂中，一種瘋狂的故事。

很久以來，我自詡主宰了一切可能存在的風景，我認爲繪畫和現代詩如此馳名，原也十分無謂。

我喜愛愚拙的繪畫，掛簾，裝飾品，街頭賣藝人的小布景，招牌，民間彩繪；我喜歡過時的舊文學，教會的拉丁文，沒有文字的色情書，描寫我們老祖宗的小說，童話，兒童看的小書，古老的歌劇，無謂的小曲，樸素的詩詞。

我總是在做夢，夢到十字軍遠征，不涉及他人的冒險旅行，夢到那沒有歷史的共和國，被鎭壓下去的宗教戰爭，風俗大變革，種族大遷徙，大陸移位：對這一切美妙神奇，我都信而不疑。

❶Verbe，古義爲言、語言，基督教神學稱之爲「聖言」，甚至說言先於世界即有（《聖經·新約·約翰福音》第一句：「太初有道」）。本篇所述，有關一種新的詩學觀念。參閱後附韓波致伊藏巴爾、德莫尼兩封書信。

我發明了母音的色彩！A黑，E白，I紅，O藍，U綠。❷——我規定了每一個子音的形式和變化，不是吹噓，我認爲我利用本能的節奏，還發明了一整套詩的語言，這種詩的語言，遲早有一天可直接訴諸感官意識。至於如何表達，我還有所保留。

首先，這是一種學習。我寫出了靜寂無聲，寫出了黑夜，不可表達的我已經做出記錄。對於暈眩惑亂我也給以固定。

遠離了飛鳥，畜群，村女，
榛林圍著一片石楠叢沃土，
午後柔綠的薄霧中我屈膝俯身，
有什麼可以供我掬飲？

在青青的瓦茲河我喝到了什麼，
無聲的小榆樹，無花的草地，蔭蔽的天空！
我離開心愛的茅屋舉起黃葫蘆瓢暢飲嗎？
是黃金水喝得人熱汗涔涔。

❷韓波有著名的十四行詩〈母音〉（1871）。

我打製一塊古怪的旅店招牌。
——一陣風暴從天空隆隆馳過。
黃昏，林中溪水消失在純潔的沙地上，
上帝之風向著池水吹拂冰雹；

我哭，我看見黃金——竟不能一飲。——

夏日清晨四點鍾，
愛情的酣眠還在延續。
在綠綠的樹蔭下
　歡樂之夜的氣息漸漸消失。

木匠在遠處工場裏，
在埃斯佩裏德❸陽光下，
衣袖捲起，
　已經在走動。

❸埃斯佩裏德，希臘神話中金蘋果生長之地。

在布滿青苔的靜謐沙漠裏，
他們在打製精美的護壁板，
　　護壁板上
　城市將漆飾假的天頂。

噢，給這些可愛的工人，
巴比倫國王的臣民，
給他們的靈魂都戴上王冠，
　愛神！暫先把情人放開。

　　牧羊人的女王
給工人送來烈酒，
願他們的力量得到寧息，
且待到正午到海裏去海浴。

詩中的舊詞古意，在我的言語煉金術中占有重要地位。
我已經習慣於單純的幻覺：那分明是一座工廠，我在那裏卻看到一座清眞寺，天使組成的擊鼓隊，天宇路上馳行的四輪馬車，沈沒在湖底深處的廳堂；還有妖鬼魔怪，還有種種神祕；一齣歌舞劇的標題，在我眼前展示出種種令人驚駭的景象。

我用詞語幻覺解釋自己各種像中了魔法那樣的詭論！

最後，我終於找到自己精神迷亂的神聖性質。我在沈重的熱病控制下變得閒散空放：我羨慕動物的至福——毛蟲，再現了靈薄獄❹的無邪，鼴鼠，是童貞的睡眠！

我的性格變得乖戾激烈。讓我借用某類抒情曲，向人世告別：

高塔之歌

最可珍愛的時間，
快來，快快到來。

我忍耐，這樣有耐性，
把一切都已忘懷。
恐怖焦慮，還有痛苦，

❹靈薄獄（limbes）：處在地獄邊緣。未受洗禮的兒童死去，靈魂即到靈薄獄，等待上升天界。

一總都送它上天。
不潔的病態的焦渴
使我的血脈發黑變色。

最可珍愛的時間，
快來，快快到來。

一片芳草地
棄之於遺忘，
在骯髒的飛蟲
嗡嗡鬧聲中，
生長又開花
莠草發出芳香。

最可珍愛的時間，
快來，快快到來。

我喜愛沙漠，燒毀的果園，破落的店鋪，泛味的酒。我步履艱難地徜徉在惡穢發臭的小巷，雙目緊閉，在火之神太陽下曝曬。

「將軍❺，如果你在毀圮的城堞上還留有一尊舊炮，就請用乾土塊轟擊我們。對準華麗的商店大玻璃窗轟擊！往沙龍內部轟擊！讓全城吞咽灰塵。讓排水管都氧化生銹。讓閨房都充滿灼灼如焚的紅寶石粉末……」

蠓蟲小蠅在小旅店的便池上飛舞，小飛蟲最喜歡琉璃苣❻，快射出一道白光把飛蟲驅散！

飢餓

我若是有胃口，
只想吃泥土和石頭。
午餐我一直在吃

❺指火之神太陽。
❻琉璃苣，據說中世紀以之為醫治肺病的良藥。

空氣，煤鐵，岩石。

我餓得頭昏目眩。飢餓，
聲響的牧場，平息，平息。
去吮吸那旋花植物
令人心花怒放的毒汁。

吞吃那敲碎了的石塊，
教堂的古老的方石；
昔日洪水遺下的卵石，
拋在灰色山谷裏的麵包。

狼在綠葉叢下號叫，
吐出牠飽餐家禽的
五色繽紛的彩羽：
和狼一樣我也在空自消耗。

青青蔬菜和果實
等待著去摘採；
籬邊的大蜘蛛只知吞食紫堇花。

讓我睡去！在所羅門
祭壇前把我加火烹煮。
湯汁在鐵銹上流溢
和塞德隆❼混成一處。

總之，啊，幸福，啊，理性，都好，很好，我要把藍天從天空劃分出來，藍天也是青黑的，可是我卻活著，自然之光裏面也有金光閃爍。我採用滑稽又迷狂的表現手法，從歡樂引向可能：

找到了！
什麼？永恆。
那是融有

❼在耶路撒冷城下流過的河流。據《聖經》記載，最後審判的號角將在塞德隆河谷吹響。

太陽的大海。

我不朽的靈魂，
察看你的意願，
縱然只有黑夜，
白晝也如火熾。

所以你摒棄
人類的贊同，
共同的奮起！
你任自飛去……

——從來沒有希望，
也沒有orietur❽。
科學和堅忍，
苦刑是一準。

❽拉丁文：（太陽）東升，新生，指引。

沒有明天，
炭火如錦緞，
你的熱忱
是你的義務。

已經找到！
——什麼？——永恆。
那是融有
太陽的大海。

我變成了一幕神奇壯美的大歌劇：我看一切存在的人都注定有福：行動不是生活，是敗壞力量的一種方式，一種神經緊張。道德是腦髓的缺陷。

一個存在著的人，我認爲應該給予他多種其他的生活。這位先生所做所爲如此，他並不自知：他可以算是一位天使。這類家庭其實是一窩狗。我要在大庭廣眾之中高聲說話，我偏要選取他們其他生活中的一個層面，放聲談論，公開說出來。——所以，我竟愛上了一頭豬。

這絕不是出於怪癖的詭辯，也不是狂妄的詭論，——這種瘋狂人們已經嚴加約束，這種瘋狂我倒還沒有忘記：我可以把那種胡言亂語、種種詭辯從頭至尾複述一遍，那個體系我已經瞭若指掌。

我的健康受到威脅，遇到了危險。恐怖時代已經到來。我一睡就沈酣多日，起來以後，許多最悲慘的夢境依然繼續。我已經成熟到可以死去，我的軟弱、缺陷，沿著一條危險的道路，把我引向世界和黑影與旋風的國土西梅裏❾的交界處。

我大概還有一段路程要跋涉，我需要把聚集在頭腦中的魔狂驅散。我愛那大海，彷彿它可以把我一身的污穢洗淨，我看見給人帶來慰藉的十字架從海上升起。我是被天上的彩虹❿罰下地獄的。

「福祉」畢竟是我的命運，我的悔恨，我的蛆蟲：我的生命是那麼廣闊，不會永遠獻身於力和美。

福祉！它的利齒，對死來說是溫柔的，在最陰暗的城市，雄雞報曉的時候，——ad matutinum, au Christus venit⓫，——向我告知：

❾西梅裏（Cimmérie）：冥界。

❿彩虹（arc-en-ciel）：在《聖經》中是上帝與下界立約的象徵。

⓫拉丁文，意為「去晨禱，基督來臨」。

季節啊季節，古堡啊古堡！
哪有靈魂純潔無瑕？

幸福無人可迴避，
我已做出神奇的設計。

向它致敬，致敬，致敬，
高盧雄雞高唱黎明。

啊！我還有什麼企求：
自有幸福承擔我的生命。

這種幻美奪去人的靈魂
和肉身，又耗散了精力。

季節啊季節，古堡啊古堡！

可嘆可嘆，它匆匆逝去，

死亡的時刻跟著來臨！

季節啊季節，古堡啊古堡！

這一切都過去了，完了。今天，我知道我要向美致敬。

不可能

啊！我童年經歷的這種生活，以任何時代看都是一條廣闊大道，超出於自然的質樸，比最好的乞丐更無私，爲沒有故鄉、沒有朋友而自負，這是何等愚蠢。——可是，唯獨我有這種見識！

——這幫好人對他們我有理由蔑視，一次愛撫的機會他們也絕不放棄，這幫寄生在我們的女人的清純和健康上的寄生蟲，而今天，女人與我們又是如此不一致。

我的全部蔑視都有根據：既然我已經遠遠避去！

我避開，我逃走！

我做出解釋。

昨天我還祈求上天：「上天！在人世我們遭罪受懲不少！我打進他們的隊伍爲時已久！這些人我無一不識。我們彼此也一向深知；我們相互憎厭。仁慈與我們全不相干。但我們圓滑知禮；我們同人世的關係非常適應合禮。」這奇怪嗎？人世！商人，頭腦簡單的人！——我們可不是喪盡廉恥的人。——但是，上帝的選民，他們又怎樣接待我們？有不好惹的人，有心性快活的人，有冒牌選民，我們必須拿出膽識或卑躬屈膝才能與他們接近。他們是獨一無二的選民。可不是好奉承的人。

只需付出兩個銅板的理性——快得很！——我發現我苦惱原來是因爲自己沒有儘早看出我們原本是西方人。西方的沼澤地！我不信光明敗壞，形式陳舊，行動錯亂……好！我的心靈絕對希求承擔東方衰落以來，心靈已經承受的全部無比殘酷的發展……我的心靈，有這樣的企求！

……我只值兩枚銅錢的理性已經用盡！——心靈就是權力，它要求我留在西方。取得預期的結論，就必須讓心靈沈默。

殉道者的榮耀，藝術的光輝，發明家的自豪，掠奪者的狂熱，我全部交付給魔鬼；我要返回東方，回歸初始的永恆的智慧。——這顯然也是一場粗野怠惰的空夢！

逃避現代的痛苦這種賞心樂事我絕不希求。可蘭經上駁雜的箴言我看不明白。——自從基督教義這門學問公諸於世，人就在玩把戲，證明各種不言自明的事理，借這類證明自吹自樂，而且非這麼活不可，這不是實實在在的苦刑是什麼！精致巧妙的拷問，胡調無謂的酷刑；我心靈上種種虛妄混亂的根源。也許人的本性也感到煩厭！普律多姆先生❶原來與基督同時降生。

是不是因爲我們都在迷霧中辛苦耕耘！我們吞吃熱病還佐以多汁的菜蔬。還有酗酒！還有菸草！還有無知！還有獻身！——這一切，與東方的思想、智慧，初始的故

❶法國作家亨利・莫尼埃（1799-1877）小說中的人物：庸俗自負、大言不慚，滿口教訓人的詞句，滿腦袋的愚蠢觀念。

土，不是相去很遠嗎？既發明這樣一些毒藥，爲什麼又有一個現代世界！

教會人士說：可以理解。你們所說的本是伊甸園。東方民族的歷史，與你們何干。——是眞的；我是想念伊甸園！我做的什麼夢，古代族類的純眞！

哲學家說：世界不紀年。有的只是人類大遷徙。你在西方，可以自由遷居去你的東方，你要它多古老就有多古老，——隨你去。只要不是戰敗者。哲學家，你的確屬於你們的西方。

我的思想，多加小心，注意提防。施用暴力救世的政黨不見存在。你需要磨煉！——啊！對我們來說，科學進展還不夠快！

——我發現我的心靈沈睡了。

如果心靈此刻覺醒，即刻我們就進到眞理，也許眞理正率領它的天使圍著我們哭泣！……——如果思想此刻覺醒，也許我不會屈從毒害身心的本能，不會退到一個古老的時代！……——如果思想永遠清醒，我必將在智慧之中涵泳徜徉！……

噢，純眞！純眞！

只有在這清明醒悟的一刻，才讓我看到純眞的美景！——人憑藉心靈思想通向上帝！

痛苦至極的大不幸！

閃光

人類的勞動！這就是時時照亮我的黑暗深淵的那種爆發。「棄絕虛妄；需要科學，前進！」現代《傳道書》發出這樣的號召，也就是說，全世界都在這樣呼籲。可是壞蛋和懶漢的臭屍正在猛烈襲擊其他人的心……啊！快快，更快一點；未來的報償，永恆的獎勵，越過黑夜，就在那裏……難道我們棄而不取？……

——我能做什麼？我懂得勞動，我能工作；可是科學進展過於緩慢。祈禱卻在快步向前，陽光也在怒吼……我看得十分清楚。太簡單了，而且天太熱了；人們並不需要我。我有我的責任，我要效法多數人，照他們那樣放棄責任，我爲此感到自豪。

我的一生已經耗盡，沒有用了。好吧！咱們就裝聾作啞、裝模作樣，偷懶，什麼也不幹，天可憐見！還要存在下去，那就玩玩鬧鬧，夢想那妖異的愛情和奇幻的宇宙，再自怨自艾，怨天尤人，對於世界的多重表象爭論不休，你們這些江湖術士，乞丐，藝術家，匪徒，——教士！我躺在醫院病床上，有濃烈的乳香氣味襲來；神前看管香火的人，聽懺悔的神甫，殉道者……

我童年所受的骯髒教育我終於弄懂。後來又怎麼樣！……我已經二十歲，既然別人也是二十歲……

不！不！現在，我在對抗死亡！與我的自負相比，勞動未免過於輕鬆：背叛世界也許是極爲短暫的痛苦。在最後時刻，我還要向左右兩面發動進攻……

於是，——啊！——可憐的親愛的靈魂，我們也許不會把永恆喪失！

清晨

可喜可愛的青春，神奇壯美的青春，應該寫在金葉上，是不是我也曾享有過一次，——太幸運了！因爲犯了罪，犯過錯誤，我就應該像現在這樣軟弱？你希望野獸發出痛苦的嚎叫，你希望病人絕望無告，你希望死者有噩夢糾纏，你給我講講我的墮落和我的沈迷不醒。爲什麼乞丐《天主經》、《聖母經》長誦不停，我，我卻沒有能力給自己做出解釋。我再也不知如何說話了！

今天我相信，我同我的地獄的關係已經告終。是地獄，當眞是地獄；是那個古老的地獄，地獄之門是人之子開啓的。

仍然是在同一沙漠上，在同樣的黑夜，我那永遠倦怠不堪的眼目，在銀星照耀下惺忪醒來，生命之王，朝拜耶穌誕生的三博士、三個國王，心、靈魂、思想，卻未見有所動。我們將在什麼時候穿越遠方海岸和山嶺，前去朝拜新的勞動，新的智慧，歡呼暴君、魔鬼逃走，迷信終結，去瞻拜人世上新的聖誕——做爲去得最早的一批人！

天界升起了和歌，人民在前進！奴隸們，生命，我們不要詛咒生命。

永別

已經是深秋！——何必惋惜永恆的陽光，既然我們立誓要找到神聖之光，——遠遠離開那死於季節嬗替的人。

秋天。我們的航船在靜止的霧靄中轉向苦難之港，朝著沾染了火與污穢的天空之下的都城駛去。啊！衣衫襤褸，雨水浸壞的麵包，喝得爛醉，把我釘死在十字架上的千萬種情愛！這吞食無數靈魂無數屍體的鬼女王，她絕不肯就此罷休，而且億萬死去的靈魂還要接受審判！我看見我的皮肉被污泥濁水和黑熱病侵蝕蹂躪，頭髮、腋下生滿蛆蟲，心裏還有大蛆蟲輾轉蠕動，我躺在不辨年齡、已無知覺的陌生人中間……我也許就死在這裏了……可怕的景象！我憎恨貧窮。

我怕嚴寒的冬日，因爲那是需要安全舒適的季節！

——有時我看到一望無際的海灘上空，布滿潔白如雪的歡欣國度。一艘金色的大船在我上空，有彩旗迎風搖曳。我創造了應有盡有的節日，應有盡有的勝利，應有盡有的戲劇。我還試圖發明新的花卉，新的星辰，新的肉體，新的語言。我自信已經取得超自然的法力。怎麼！我必須把自己的想像和記憶深深埋葬！藝術家和說書人應得的光榮已經剝奪！

我呀！我呀，我說我是占星術士或者天使，倫理道義一律免除，我還是帶著有待於求索的義務，有待於擁抱的坎坷不平的現實，回歸土地！農民！

我受騙了，上當了？仁慈對於我是否也是死亡的姊妹？

最後，因爲我是靠謊言養育而生，我請求寬恕。好了，好了。

不必伸出友誼之手！到哪裏去尋求援救？

是的，至少新時代是極其嚴酷的。

因爲，我可以說，我是勝利了：咬牙切齒，怒氣咻咻，惡聲悲嘆，都已經緩和下來。一切邪惡的記憶都已一筆勾銷。我最後的懊恨也大可收起，——乞丐，匪徒，死亡之友，各類發育不全的落伍者，嫉恨之心就留給他們。——你們這些下地獄的，要是我能復仇該有多好！

絕對應該做一個現代人。

讚美詩，一句也不要：走一步是一步。嚴峻的黑夜！斑斑血跡已經曬乾，在我的臉上還在冒煙，我身後一無所有，除去這令人膽戰心驚的叢叢灌木！……精神上的搏鬥和人與人之間的戰鬥一樣激烈殘酷；至於正義的幻象，那是只許上帝享有的樂趣。

現在是明天的前夜。強勁活力的悸動和實有的溫情，讓我們都領略一番。等到明天，黎明初起，我們憑著強烈的耐力的武裝，要長驅直入，走進輝煌燦爛的都城。

說什麼友誼之手！最有趣的樂事，是我可以嘲笑自古即有的騙人的愛情，羞辱那些謊話連篇的夫妻伉儷——我在那裏親眼看到女人的地獄；——而且，在一具靈魂、一具肉體中眞正占有眞實，對於我是可以自行決定的。

一八七三年四月至八月

《地獄一季》題解

《地獄一季》由韓波自己編定出版，是韓波作品中獨一無二的。可以肯定的是，此作品是於一八七三年八月至九月，交布魯塞爾一家由雅克．普特（Jacques Poot）開辦的印刷廠（Alliance typographique）印刷。韓波與布魯塞爾民主派人士有接觸交往，可能由此找到這家印刷廠，自費出版，商定先付一筆預付款。據說韓波的母親同意負擔出版費用，因為兒子說此書將可能使他獲得榮譽。九月開始付印，印量五百本。

韓波十月去布魯塞爾，下榻利埃儒瓦旅館。取到六本給作者的樣書，即不耽擱取道返回。警察局在監視他，一張紀錄卡上記有如下字樣：「十月二十四日，悄然離去。」回到法國後，他給六位朋友寄發了《地獄一季》樣書。魏崙在蒙斯（Mons）監獄收到一本，德拉阿伊（Delahaye）和歐內斯特．米約（Ernest Millot）同樣也各收到一本。在巴黎，韓波僅有三位朋友：裏什潘（Richepin）、福蘭（Forain），還有一人不知其名。

韓波為取得五百本書，應付清印刷費用，但不知什麼原因，他沒有那麼做。或許韓波母親沒有履行諾言，也或許在他離開布魯塞爾時，書還沒有印好。幾個星期過後，韓波就對之不再注意，丟開不管了。

書全部滯留在出版商的倉庫中。一九〇一年，一位比利時藏書家萊昂・洛索（Léon Losseau）偶然發現此書，七十五本黴壞燒去，其餘的留下。一九一四年七月十二日，他向比利時藏書家協會（Société des bibliophiles belges）提出他的發現，並將書分贈給一些作家，藏書家協會會員每人分贈一冊。帕泰爾納・貝裏雄（Paterne Berrichon）提出抗議亦無濟於事。

《一季》寫作日期，我們掌握有據，此證據對於我們來說，應是充分的。這是韓波本人提供的。原作寫成時，韓波在文本後面注上：一八七三年四月至八月。另一方面，魏崙曾畫有韓波像，坐在桌前，前面是手稿，在倫敦一處旅館（pubilc house），並在他的畫上記有「《地獄一季》是這樣寫的」。（Comment se fit *la Saison en Enfer*）。可以下定論：韓波是在五月二十八日到七月八日之間，寫他的這部作品。

但很多史家不同意此見。有一些史家不接受「四月至八月」這個日期。他們認為《一季》的任何一部分都不是在七月八日動身去布魯塞爾之後寫的，因此，不是在（七月十日）布魯塞爾事件之後寫的❶。儘管有魏崙的證明，他們也不認為韓波可能是在倫敦寫的。他們的結論是，是在羅什（Roche）於四月十一日至五月二十五日寫的。另一些史家同意有一部分是在布魯塞爾事件之後寫的，但也不同意其他部分寫於倫敦。他們認為《一季》有一些部分寫於四月十一日至五月二十五日，另一些部分是在七月八日之

❶為理解《一季》的內容，史家相當注意布魯塞爾事件，故特別注意詩究竟寫於何時（具體的月份）。

後寫成的。

關於寫作時間的爭論，本身是沒有意義的。但有兩項假設，與《一季》的解釋有關。如果是寫於四月十一日至五月二十五日，那麼作品就不包含有關倫敦發生的危機與布魯塞爾事件。因此對於題名《地獄一季》就必須另尋其含義。

最大的困難，是從一八七三年初到布魯塞爾事件這段期間，韓波的文學寫作計畫我們一無所知。

一八七三年五月，韓波在羅什，工作「相當有規律」，寫了一部題目叫作《異教之書》（*Livre païen*）或《黑人之書》（*Livre nègre*）的書。他在給德拉阿伊的一封信中說，這是一些「散文體的小故事」（de petites histories en prose），當時已寫成三篇，還有六篇要寫。一般咸認為這本《異教之書》或《黑人之書》，就是《地獄一季》的雛形。有人認為韓波致德拉阿伊信中提到已寫成的三篇，即〈壞血統〉（*Mauvais sang*）、〈不可能〉（*L'impossible*）和〈言語煉金術〉（*Alchimie du verbe*），但這樣的假設顯然是武斷的，因為無法解釋韓波何以稱此三篇為「散文體的小故事」。安托萬・阿達姆認為從《一季》今本看，韓波曾運用他最初寫成的片斷或零星殘稿組織而成，只有在這個意義上才可以說《一季》是《異教之書》或《黑人之書》的完成之作。

安托萬・阿達姆認為，面對這樣多難以確定的事實情況，健全的方法是對《一季》一部分一部分地加以研究，確定每一部分的思想，避免任何系統化的全面觀點。此外，文本本身也有待研究考慮。

以現有情況看，至少《一季》各篇散文詩是在不同的意向與不同的寫作時間之下寫成的，但全篇有一個總體思想統轄貫穿其間，寫的是震撼韓波精神生活的一幕大戲（drame）的故事，幾乎使他走向死亡或犯罪。他過去對生活是採取愉悅態度的，後來他寧願拒斥一切價值，逃避現實。他因此落入地獄。但有一天他醒悟了。他將接受生活，沒有污跡的生活。他又回到地上人間。

這一軌跡首先在〈序詩〉（*prélude*）中描述了。接著是〈壞血統〉，說明由於怎樣的奴性（servitude），這個為幸福而生的靈魂（人）被拖出他的正道，而這種奴性，是最沈重的遺產。一個人從屬於一個奴化的種族，並不是不受懲罰的。他的祖先曾經出入魔巫夜會，或在十字軍東征時代走遍歐洲。他是一個原始人，任何社會秩序對他來說都是不相干的。

在〈壞血統〉之後，韓波就敘述他的〈假皈依〉（*Fausse conversion*），這是一種精神危機（la crise），在危機中他發現他再也不能成為真正的異教徒（païen），他的種族的全部過去，將他投入神祕主義的誘惑。在他將《一季》出版時，有意把〈假皈依〉這個題目改為另一個題目《地獄之夜》（*Nuit de l'enfer*），這個題目不那麼明確，但含義依舊。韓波從他在地獄這一段時期，給我們帶來他的被打下地獄之人手記中的幾頁。他加上的標題是〈譫妄〉（*Délires*），因為他知道這時自己已陷入瘋狂。

〈譫妄〉標誌著《一季》的最高點。有幾段文字向我們講述他如何經過摸索，犯錯，失望，逐步地恢復理性。〈不可能〉一節，是他所提出的有關「東方」和智慧的夢想，即科學與宗教的幻想。〈閃光〉（*L'éclair*）表現的是一切皆空，逃避到夢中，反抗，各種神祕主義——這一類觀念。經過這許多失敗，墮落，失望之後，前景逐漸一點點地出現，這就是〈清晨〉（*Matin*）中透露出來的思想。在荒漠和黑夜之中，詩人在矚望著天上的星辰。

全劇的終結，是〈永別〉（*Adieu*）。路又找到。不再有神祕主義、野心和幻想。韓波找到了他真正的法則（loi）。做為農民的兒子，他回歸土地。他有一項義務要完成，這是他每天的任務，既謙卑又嚴肅。戰鬥告終，黎明升起。

關於原草稿的說明

一八九七年，帕泰爾納・貝裏雄在瓦尼埃（Vanier）處的所有文件中發現一張紙，紙的正面是〈假皈依〉的一部分，反面的文字當時不得而知，後來發現即散文詩〈畢士大〉（*Beth-Saïda*）。

一九一四年，貝裏雄又發現第二張稿紙。正面是〈言語煉金術〉的一部分，反面是同一章的一部分。他將之發表在一九一四年八月一日那期的《新法蘭西評論》上，同時附上一八九七年發現的〈假皈依〉。

上述文本布滿刪改文字，難以辨認卒讀。布伊阿納・德・拉科斯特（Bouillane de

Lacoste）於是在他所出的《地獄一季》版本中將文字細加辨認推敲，加以改善。他這個文本此後便成了權威的定本。

在瓦尼埃出版社後繼人A・梅森（A. Messein）所存的文稿中，又有第三張文稿被馬塔拉索（Matarasso）和布伊阿納・德・拉科斯特發現。這一張文稿的反面寫的是兩篇福音散文（Proses évangéliques），但在正面是〈壞血統〉的一部分。這一文稿現已列入馬塔拉索個人收藏之中。這一份文本由馬塔拉索和布伊阿納・德・拉科斯特在一九四八年六月一日的《法蘭西水星》上發表。七星叢書全集本第一版又對這個文本做了改善。

關於序詩

所有的注釋家一致認為，這首序詩寫於布魯塞爾事件之後，這是明顯的。以「最後一次走調」（dernier couac）為證。馬塞爾・呂弗（Marcel Ruff，著有《韓波，其人及其作品》，阿蒂埃出版社一九六八年出版。*Rimbaud, l'homme et l'œuvre*, Hatier, 1968.）則持不同意見，他提出，按貝裏雄所說，韓波在倫敦曾以為受到某種感染，入醫院治療。所謂「走調」（couac），即指這次生病，而不是指在布魯塞爾挨了一槍。所以前述假設不能成立。

事實上，理解序詩，上述問題無關緊要。因為上述兩種假設，均無礙於認定這裏是韓波在敘述他近幾年走過的道路。先是對生活抱著歡快的態度，接著是拒絕了「美」，再來是反抗社會秩序，逃避和拒絕希望。最後（這就可能與倫敦和布魯塞爾事件有關），他又感到接近於拋棄反抗，重新再回到原初的「盛宴」（festin）去。不過他立即又有所悟，知道自己已經處在撒旦的掌握之下，是一匹豺狼。他所寫的這本書（livre），是一個被罰下地獄的人的手記中的幾頁。

壞血統

這首散文詩篇幅很長，看來應該列為全詩之首。由於不了解《異教之書》或《黑人之書》的情況，無從肯定它是否也在其中。看來很清楚的是，韓波曾摘取某些主題或從已開始寫的作品中，將若干段落若干片斷插入其中。甚至〈壞血統〉是從「異教徒」這一主題以另一種形式改寫，或另行寫成，前四節就是如此，接下去主題變換，插入了另幾頁，轉到寫「黑人」主題，這可能就是第五、六、七這三節的來源。第八節可能是全詩的收結。（以下分節是為了便於說明。）

一

安托萬·阿達姆說，〈壞血統〉有著對於米什萊（Michelet）的記憶的印記。這位歷史學家，曾對法蘭西種族的被征服，始終牢牢牽制於土地，信仰一種古老的宗教，這種原始宗教信仰基督教也未能摧毀，做過解釋。對米什萊著作中這種著名的解釋，韓波是讀過的，所以他從中得到了對於自己的解釋，他知道他是屬於高盧人，他的眼睛也是藍色的，高盧人的壞品質他有，他也記得十字軍東征去東方諸事。傾向神祕主義，接受撒旦的誘惑，他知道這一切都是得之於祖先。這就是他從他祖先劣等民族那裏接收下來的遺產，其中也包含對十字架上的耶穌的感情和聖母馬利亞的崇拜，但是他也經常參加魔巫夜會（sabbats）。

二

述說過去以解釋自己。最後面對一個正在誕生的新世界。

三

在這個現代世界之中，韓波可能相信其中有他的一席之地，但是他並沒有找到。他只有遠走他方，去做「偉大的出行」（grands voyages），到原始民族中去生活，當回來時，他可能強勁得可以去統治，他將得救。（似與殖民主義泛濫的時代潮流、社會現實有關。）

四

宣布要出走。但是並沒有動身。他不可能自我解放。他不知生活有什麼意義。他只覺自己被引向罪惡，但又覺自己在提升，達到完美與仁慈的高度。但他又覺無能為力，痛苦不堪。

五

這一節是最輝煌的。韓波回想他童年時充滿著亡命之徒的夢（不受法律保護的人，hors-la-loi），回想起二月那一次巴黎之行，嚴寒，不可言狀的赤貧。然後又提起巴黎「流血一週」（la semaine sanglante）大火燃燒之事。他本人也曾在巴黎大鎮壓期間面對行刑分隊。

在這樣的地方出現含的種族（la race de Cham）的想法，面對白人他是一個黑人，白人下船登陸是為了征服黑人，這樣的想法出現，肯定與《黑人之書》有關，但對〈壞血統〉與先前那些計畫的關係無法確定。

在一部確定的作品中，出現這樣一些與此相異的成分說明，〈壞血統〉各組成部分本來不一定是協同統一的。在開頭，被詛咒的人是一個藍眼睛的高盧人，現在他又成了黑人。

六

仍停滯在文明出現前的世界已經被征服。白人登陸。韓波已準備加入新秩序。他對自己的過去並不覺有罪。他以一種喪失一切希望的平靜態度面對未來。

顯然，這僅僅是短暫一時。韓波並沒有停留在此。但是如果把第六節僅僅看作是一種皈依的戲仿（parodie），就未免過於簡單化了。

七

韓波並沒有後退，並沒有放棄他在第六節中所說的。他的病，即厭倦，已經痊癒，並且他的重負也擺脫了。他正視自己面對的新形勢（situation）。他不同意低下頭來。他不參加基督教，耶穌基督在基督教中扮演的是一個岳父的可笑角色。他不同意成為理性的囚徒。他希望得救，但又要求自由，他因此處於社會秩序之外，對其價值也無所知。沒有家庭，沒有工作，沒有行動。所有這一切無非是鬧劇（farce），讓別人去玩這種把戲吧！

八

這一節在殘稿中與第四節原寫在一起，因此令人想到第五、六及七節是後來加上去的。這樣的標記法（notations），初看好像並不順理成章，如果設想說話的人是處在一個隊伍的行列之中走向敵人，就比較易於理解，人們由此可以設想巴黎公社的戰鬥。韓波在這些勇敢戰鬥的人中是弱者。他只要求敵人向他開槍，或者趴在地上聽任馬蹄踐踏。
戰敗。無恥之徒的和平建立，法國的和平。必須適應。

地獄之夜

不論〈壞血統〉多麼難於理解，不論韓波的作品多麼晦澀難解——韓波在作品中以一系列的顛簸，反叛，平息，來形成形象，對之至少可以得出這樣可肯定的結論：即他在一八七三年四月回到阿登省寫這些篇章之時，已不是幾年前那種狂熱的無神論者（athée forcené）了。他的無神論可能仍保持堅定，但也不能排除有著某種宗教態度，而且韓波很清楚在他的自身仍有從祖先繼承下來，某種有深深根源的神祕主義。如果人們沒有忘記，他和魏崙在倫敦（在他們回到歐洲大陸之前）的幾個星期，被某種新的關心傾注事項所吸引，他這種獨特的變化就是很清楚的了。當時魏崙確實發生「最早一次的皈依歸宗」（première conversion），而韓波對自己在他的朋友身上看到的這種轉變，不可能全然無動於衷。

所以我們由此可以更加理解在〈壞血統〉中一種宗教上的焦慮不安的表現，以及其後《地獄之夜》的含義。

《地獄之夜》，韓波原題名為〈假皈依〉，這個題目十分清楚地說明了這首詩與他生活中的曲折過程有著相應關係。在羅什，四月經過一段平靜的時間，他又動身去倫敦與魏崙相會。這是一次可怕的再次墮落（rechute）。初稿上說：「我重複著瘋狂的存在，遺傳性的發怒，野獸的生活，愚鈍，不幸。」史家設想這〈假皈依〉是形成在布魯塞爾，在左輪手槍打過之後，對於這一次墮落很難解釋。採納這樣的看法，即韓波現在提出他在倫敦過的那地獄似的幾星期，詩作文本清清楚楚。這就是：韓波從一八七一年培植的那種惡習（vice），尤其是遇到魏崙以後，是徹底把他敗壞毀掉了。他吞下一大口毒藥，即在於此。有些批評家提出問題，問《地獄之夜》的第一句詩是什麼含義。若是將這一句置之於《一季》全詩總的運轉之中，這句詩並沒有什麼神祕之處。這一大口毒藥，這就是有關殘忍、有關叛逆反抗的精神，是任何惡習的培育養成，即以之形成體系，並被這種養成推向極為可怕的禍害。

韓波在倫敦依稀看到了皈依歸宗，這在他的心靈中也就是力量與和平的展望，是億萬美好創造物的形象。可是現在，只有羞辱，預感到的已經落到身上的罪惡。在這幾個可怕的星期內，毫無疑問，他已預見到他是犯了罪的，可是這樣的思想也並不使他害怕。他發現在謀害與隨之而來的懲罰之中，是自毀的途徑，他寫道：「按照人世的律法，一次犯罪，我立即就被打入虛無。」這一點也說明了〈譫妄〉中這一句詩：「有人真把我脖子割斷；那可多麼可厭。」

韓波對於這一次墮落，歸罪於魏崙。《地獄之夜》中有一些詩句，讓我們推知那個下地獄的人何以怪怨他的同伴。這在初稿中更是明確清楚。那時韓波是這樣說的：「他在我耳邊悄悄說的，就是種種不端的行為，那些神祕主義、假香料、幼稚的音樂。」將這種幼稚的音樂看作是魏崙的幼稚的音樂（musiques naïves）有何不可；說這些假香料是和寫《無詞浪漫曲》（*Romance sans paroles*）的詩人的氣味相同，有何不可；這種種神祕主義，說它就是寫《罪惡的愛情》（*Crimen amoris*）和組成以後那本《智慧集》（*Sagesse*）的詩的神祕主義，又有何不可？

《地獄之夜》給人一種混亂和絕望的印象。是因為那許多互不連貫的句子和呼喊號叫。既有對真實的確認又有幻象虛影。要控制生命、生活的夢幻和由生存逃出的夢幻。還有撒旦冷笑的聲音。但主導思想是：自幼即被加之於己的原罪的觀念，這是全部罪惡（mal）的根源。

所以說「地獄傷不到異教之人」。最後，承認失敗，只有回到卑劣下流一途。「是火焰，火焰捲著罪人升騰而起」。

譫妄一

瘋狂的童貞女
下地獄的丈夫

這一節一直被視為韓波與魏崙的關係的明證。人們幾乎一致認為瘋狂的童貞女是魏崙，下地獄的丈夫是韓波。但安托萬·阿達姆說這可能是錯誤。

呂弗最近的作品有力地指出上述看法沒有說服力。他提出另一種意見。按這種意見，瘋狂的童貞女是韓波（原文是premier Rimbaud）的靈魂，「屈從並且轉向上帝」，現在「被『解放了的、對靈魂來說成了下地獄的丈夫的韓波』拖住了」。似乎呂弗反對流行的解釋可以成為定論。瘋狂的童貞女與地獄中的丈夫的衝突，不過是趨向上帝與傾向罪惡兩者的衝突。這種傳統宗教精神的觀念並不能把問題解釋清楚。

回顧一下《馬太福音》（第二十五章，一至十三節）關於聰明的童女與愚拙的童女的寓言。

據安托萬·阿達姆說，韓波寫這一節時一定是想到上述寓言的。瘋狂的童貞女向上天的丈夫申訴，請他寬恕，她痛苦。這時地獄中的丈夫主題出現，這是福音書中沒有的。她並不是離開了宴席的廳堂，而是成了地獄中的丈夫的奴隸。

安托萬·阿達姆說福音書中的寓言僅僅是一個起點。寫至此，韓波離開福音書，把地獄中的丈夫占有瘋狂童貞女的思想加以發展。他賦予地獄中的丈夫一個強者的形象，這樣的現實性使以前對之所做的闡釋歸於錯誤。他談到他如同談到撒旦會離棄他再去誘惑別人。他為這樣的思想而顫抖，因為他知道這個惡精靈就是他的劊子手，他就是那個無他就不能生活的人。他談到他彷彿他就在他身上，而不是好像他就是他。安托萬．阿達姆說：地獄中的丈夫和瘋狂的童貞女，事實上意謂韓波心中兩個聲音在說話，一是那懦弱、溫和親切的靈魂，另一個是只想反抗生活的奴役的那個孩子的靈魂。地獄中的丈夫在他眼中像一個有著神祕的嬌弱孩子。他要他追隨他到世界之外去。他教他不要愛女人，蔑視像俗惡之人所說的那種愛情。因為他並不是惡精靈，而是善與惡的精靈。他夢想新的人類，他渴望罪惡一如渴求仁慈，渴望鄙劣一如渴求純真。他既非惡，瘋狂童貞女也非善。但是在期求和平及天真性的靈魂前面展開的，是深淵。無底的深淵，即人稱之為「彼岸」，超越於人所以也是毀滅人的那個地方。

〈譫妄〉第一部分，韓波何時寫成無法確定（在布魯塞爾打槍之前或以後，在六月倫敦，或在羅什一八七三年七月末）。似乎可以說，《一季》的這一部分寫於七月事件之前。

譫妄二

言語煉金術

這一節係敘述韓波的詩史，儘管晦澀，儘管一系列事件強烈衝擊加之於詩人，我們仍然感到缺乏證據讓我們深入詩人的思想，讓我們便於對之更好地理解。

第一段快速地將詩人引向危機的各個階段。從擺脫當時詩的俗套慣例入手，並創造一個完全不受約束的世界。這第一個時期是與一八七〇年秋相吻合的。在這個時期，他寫了〈薩爾布呂肯的輝煌勝利〉（*L'éclatante victoire de Sarrebruck*），〈凱撒的暴怒〉（*Rages de Césars*），〈罪惡〉（*Le mal*），讓人想到厄比納爾彩圖❷的粗重色彩（images d' Épinal）。

繼之，發明了母音的色彩。過去傳記上，對詩人的早熟定在一八七〇年末的幾個星期（在他寫出這首著名的十四行詩之前）。我們知道，這種觀念真正的意義並不是在形而上學觀念深度上的發現，而是企圖創造一種語言，可以直接產生一種感性而完全不同於以前詩的語言、觀念、情感。

〈言語煉金術〉就是這樣醞釀起來的，而韓波為表現他的這種經驗所提供的實例，

❷厄比納爾（Épinal），法國東部城市，十八至十九世紀以彩圖印刷聞名。

十分明確要在以後，即一八七二年的春季。他在這一節中所引的詩都是寫於一八七二年五月的，或其後幾個星期之間。正在此時，他徹底摧毀傳統形式，在〈言語煉金術〉中選取例詩，選這個時期寫的詩，那是十分正常的。

本節是有關一件偉大豐功的敘説。韓波企圖將詩從屈從於傳統經驗與理性之下解放出來。詩應是自由創造，為了使詩支配他，為使詩自成一體，他特別培育幻覺（hallucination）。所以在一處工廠見到一座清真寺，行在天空的四輪馬車，沈沒在湖底深處的廳堂。〈米歇爾與克裏斯蒂娜〉（*Michel et Christine*）也是在這個時期寫成，這首詩的題目本是斯克裏布（Scribe）一部通俗喜劇的標題，在他心靈中引起的是萬馬賓士和入侵的形象。

這種詩的經驗變成了一種思維和生活的模式。德拉阿伊留給我們他的朋友韓波在這個時期的生活狀態，在〈言語煉金術〉中，那形象韓波也有自我描寫，就像一個夢遊人在城中遊蕩，在污穢的小巷中徘徊，一連幾天沈默無言。他實行了「任何狂妄的詭辯」。

但韓波在他寫〈言語煉金術〉時期，嚴格棄絕從一八七一年以來所長期從事的幻覺活動。「與我有關。我的種種瘋狂中，一種瘋狂的故事。」從第一行詩就這樣宣告。而全詩最後是：

「這一切都過去了，完了。今天，我知道我要向美致敬。」這就是説，他不再求助於瘋狂和神祕主義，以便得到自己可以生活於其中的世界；人世的力與美於他已足夠了。

據皮埃爾・珀蒂菲茲（Pierre Petitfils）在《韓波研究》第二期上發表的文章指出，韓波寫〈言語煉金術〉時所引各詩並不在手頭，故與上述詩作有出入，但基本不差。在安托萬・阿達姆一九七二年七星叢書全集本中列為《新詩與歌》（*Vers nouveaux et chansons*）一組，置於《地獄一季》之前，內共收入詩十五首。

本篇中提到的歌舞劇標題，即與〈米歇爾與克裏斯蒂娜〉有關。其中講到「將軍」（général），這是讓注釋家為難的問題。據現存〈言語煉金術〉另一份草稿，「將軍」就是上一段的「火之神太陽」，因此，這一段的言語可視為強烈陽光照射下產生的意象。

下一段「…qui est du noir（是黑黑的）」，發表時被改成「是烏黑的藍色」。

本篇最後一句，加注說明，據〈言語煉金術〉草稿可辨字跡：

「這一切漸漸都已過去。

「我現在憎恨那許多神祕的狂熱和風格的詭譎怪異。

「現在我可以說藝術是一種愚蠢。

「……我們的偉大詩人（……）也十分容易：藝術是一種愚蠢。

「向善（la bonté）致敬。」

不可能

《一季》這一部分，與前相比不那麼動人，但至少對於韓波的精神戲劇投上一線光明，有助於了解生存（vie）問題是怎樣向他提出來的。他從蔑視（le mépris）開始，自覺在被懲罰之列。繼之他理解到東方是他真正的家園之所在。但逃避西方全部的要求（exigences）和誘惑（tentations）卻非易事。

儘管人們推想他對於東方哲學做過何等研究，無論如何不能斷定他對此已經「入門」，受過與鬼神相通的魔法（kabbale）訓練或讀過東方經典。他所說的是初始的永恆智慧，只是對於生活的一種觀念，即拒絕妄動、寧靜、堅忍的生活。要鄙棄西方的思想方式與生活，也不必是一個與鬼神相通的魔法的「入門者」和深知此魔法的人。《一季》中這一節的寫作時間不能確定。但可以肯定是與後一節〈閃光〉同時寫成。

閃光

在〈不可能〉所表現的黑暗之中，出現了一線閃光，一切都是徒勞，至少勞動——由科學指引的勞動，給生活帶來一種意義。這是今天人人都這麼說的。接著，失望出現。勞動進展太緩慢，過於艱苦沈重。逃避到夢幻中去，反抗，懷念童年的神祕主義，於是一切又告失敗。通向幸福之路是不存在的。

清晨

《一季》描畫中的歷程走到這一階段，到了「清晨」，表現放蕩者面臨一個光明的前景。韓波問為什麼他竟沈溺在絕望的混沌之中。他從地獄中走出。一個新世界將出現。他在這個新世界中將有一席之地。這將是「聖誕」，是荒漠與煩擾的終點。人類將從暴君、迷信之中解放出來，投向勞動和智慧。各族人民在前進，天空也在歌唱。奴隸也不再詛咒生活了。

但要當心。這一切僅僅是期望，是遠景。現實沒有變化。沙漠、黑夜依舊。韓波眼睛看著天上的星也是枉然。朝拜耶穌誕生的三博士（les Mages）沒有動靜，三博士是人的心、靈魂、思想。聖誕是偉大的希望，但何時才能實現？

永別

韓波從絕望的處境中逃脫出來了。但這並不是為了委身於他過去所醉心的虛幻（fantamagories）。那是他曾在天空看到「一望無際的海灘上空布滿潔白如雪的歡欣國度」。他在他的心靈上創造了「應有盡有的節日，應有盡有的勝利，應有盡有的戲劇」。他還試圖發明「新的花卉，新的星辰，新的肉體，新的語言」。現在這一切都已告結束。他必須把自己的想像和記憶深深埋葬。

他才十九歲，就已進入他的秋季，而秋季對於他來說，想到的是倫敦沾染著火與污穢的天空下的沈沈的霧。但是他並不對太陽有惋惜之情，因為他意識到自己已經介入「尋找神聖之光」，他找到了力量。

他自認是占星術士或者天使，於是他回歸土地，他曾經自以為已與道義無涉，現在卻應該去尋索一種責任。他曾經生活在虛幻的世界，今後他要緊緊貼近那坎坷不平的現實。他又成了一個農人。

他孤獨一人，而且是強的。沒有友誼之手伸向他，他也沒有那種需要。他克服了心的種種弱點，對乞丐，對死亡之友，對各類發育不全的落伍者都心不軟不動情，他知道那自古即有的愛情的祕密。他從自己的仁慈之心中擺脫出來，仁慈之心對於他也許不過是死亡的姊妹，即毀滅。

宗教的企圖，是什麼也沒有餘留了。「讚美詩，一句也不要：走一步是一步。」他叫道。能自主的人，不應被彼岸的致命力量滲入己身。戰鬥已經結束了，臉上的血跡已經乾了。

黎明升起。他準備動身上路。他將到遠方去。「我們將走進輝煌燦爛的都城。」他這樣寫道，如同他深知自己立即就要準備前去進行偉大的行程。

彩畫集

洪水之後

關於洪水的觀念一經淡薄，就有一隻兔子在岩黃芪❶和鈴鐺花搖曳著的花叢中停步站立，從蛛網下對著天上長虹虔誠祈禱。

啊！珍奇的寶石隱沒不見——花卉卻在張目探望。

在污穢的大街上，攤位紛紛擺開，因此有人對著那像版畫上畫的層層海浪上的小船瞄準射擊。❷

在藍鬍子❸家裏，鮮血在流，——在屠宰場，——在馬戲場裏，上帝的印記把馬戲場所有窗口染成一色慘白。血在湧流，奶水也在流瀉。

海狸在修築巢穴。北方小咖啡館裏「瑪紮格朗」❹熱氣騰騰香氣四溢。

大宅水氣濛濛，開著許多玻璃窗，在這座家宅裏，服喪戴孝的幼子凝視一幅幅不可

❶豆科植物，又稱驢食草。
❷似指市集上玩打槍遊戲的攤位。
❸藍鬍子殺死六個妻子的故事，出自夏爾・貝羅《往日故事集》（1697）。
❹瑪紮格朗，一種混有烈酒的熱咖啡。

思議的掛像。

一扇大門砰然推開，在小村鎮廣場上，還有一個小孩轉動著手臂，風雹雨雪大作，風信旗和各處鐘樓上，風信雞也隨著轉動不息。

某某夫人在阿爾卑斯山脈中安放了一架大鋼琴。大教堂十萬座祭壇前，大彌撒和初領聖體儀式正在舉行。

沙漠商隊開拔遠去。在地極白冰與黑夜混沌中，「輝煌大廈」拔地升起。

此後，月神就聽到百里香的沙漠上豺狼幽幽長嚎，——還有果園中踏著木鞋唱起豬叫般的牧歌。後來，紫色大喬木林抽芽生長，「聖體」對我宣告：春天已經降臨。

——池水，幽暗無聲，——濁浪，沖上橋梁，淹沒林地；——黑毯和管風琴，——閃電和雷鳴，——沖上來，沖過來；——大水與悲愁，來吧，大洪水來吧，沖過來，沖上來。

因爲自從洪水消退之後，——啊！珍奇寶石深埋地下杳無蹤跡，百花盛開怒放！——可惱可厭！還有女王，女巫，在土缽裏燃起她那一缽紅炭，她之所知、我們所不知，她是再也不願詳盡說給我們聽了。

童年

一

這一尊偶像，黑眼睛，黃鬣毛，沒有父母，不屬於任何宮廷，比神話還要高貴，既是墨西哥人，又是佛拉芒人；肆無忌憚的藍天和倨傲不遜的碧綠是他的領地，地界沿海岸延伸，海岸借海浪而命名，海上沒有船舶航行，隨你用凶惡的希臘人、斯拉夫人、克爾特人去命名，在海上沒有船舶航行。

在森林的邊緣——盛開著夢中的花卉，花開有聲，光彩熠耀，——有橙紅美唇的少女盤坐在清澈的水中，是青草地湧出的洪水，是由彩虹、花卉、海洋蔭蔽、滲透、裝飾成的裸體。

海濱近處平地上，有貴婦徜徉盤旋；女童和女巨人，俊美的女黑人，站在淺綠色苔蘚上，在冰消雪化的小樹林和小花園沃土上有珍奇之物羅列矗立，——有年輕的母親，還有大姊姊，眼神中充滿朝聖瞻拜的心意，還有華服熠熠儀態威嚴的后妃和公主，還有愁容滿面橫遭不幸的異國小女子，還有其他一些人物。

「親愛的肉體」和「親愛的靈魂」的時代，多麼可憎，多麼討厭！

二

就是她，死去的童女，站立在薔薇叢後。——已經死去的年輕母親從大石階上款款走下。——表弟的四輪馬車在沙上叫鬧不已。——小弟（他在印度！）在那裏，站在石竹花遍開的草地上，面對著落去的夕陽。——在墓地，在紫羅蘭圍牆下，老人早已入土下葬。

將軍家宅四周圍滿著金葉。他們家在南方。——沿著紅土大道匆匆而行，趕到一家空廢的旅店。城堡正待出售；百葉窗破敗散落。——神父帶走教堂的鑰匙一去不返。——花園四周，守衛的小舍早已無人居住。柵欄牆這麼高，只能見到簌簌有聲的樹巔。在那裏其實沒有什麼可看的了。

草坡一直延伸到小鎮上，村裏雄雞是沒有了，鐵砧不見，也沒有了。河上水閘早已升起。啊，沙漠的災難和磨坊，多少島嶼，多少草垛！

中了邪的花在喃喃低訴。傾斜的山坡搖著催他入睡。帶有神奇美態的獸來去梭巡。屬於灼熱之淚的那種永恆，造成海上波濤洶湧，海上雲氣堆聚，密密層層。

三

林中有一隻鳥，牠的鳴唱招你駐足，讓你羞愧臉紅。

有一座大自鳴鐘，不再報時。

有一個泥坑，一窩白毛獸物築巢其中。

一座大教堂在下沈，一泓湖水在上升。

小車一輛遺棄在低矮的樹林裏，或沿著小路急馳而下，車上掛滿了彩飾。

有一隊上妝的劇團演員走過大路，從樹林邊大路上就可以看見。

最後，你飢渴難熬，每逢這樣的時刻，準有人把你一腳踢開。

四

我是聖徒，在平臺上禱告，——如同馴順的野獸齧草，一直吃到巴勒斯坦海。

我是端坐在扶手椅上陰沈沈的學人。樹枝和陰雨穿插交錯在書房上方。

我是矮林一側大道上的步行人；水閘的喧聲掩沒我的腳步聲。我久久凝視落日餘暉，金黃愁慘的洗過衣服的肥皀水。

我也許眞是被遺棄的孩子，被拋在伸到外海的長堤上，我也許是小賤奴沿著羊腸小道爬，額頭觸到了天。

小路崎嶇難行。山崗上遍布染料木。空氣靜止不動。飛鳥，泉水，不知遠在何方！向前行進，也許就到了世界盡頭。

五

就爲我訂下這個墓穴，刷上石灰白粉，水泥砌出稜角線條——在地下深處。

我的臂肘支在桌上，燈光十分明亮，照著這些報紙，我眞蠢，把它一讀再讀，燈光照在這些書上，這些書枯燥無味。——

在我這地下廳堂上方，相距很遠的高處，築有屋宇層層，煙霧瀰漫，聚集不散。泥濘是紅紅的，或是烏黑的。是猙獰可怖的大城市，漫無邊際的黑夜！

不太高的地方，是下水道。四面八方，都是深厚的地球，別無所有。也許是藍天的深淵，火的井。也許在這些層次上，月與彗星交會，海洋與神話遇合。

遇有愁慘時刻，我設想玩一玩藍寶石色金屬球的滾球戲。我是靜寂空無的主宰。爲什麼拱頂一角氣窗形狀的地方，透出一線灰白的光？

故事

國王除了使種種庸俗的慷慨盡美盡善之外，無事可做，很是惱怒。有關愛情的驚人動亂他早有預見，他懷疑他的那些女人比上天與窮奢極欲帶來的歡心喜悅更有威力。他要查明眞相，看看欲望與基本滿足的那一時刻究竟如何。是虔心之畸變，或者不是，管他去，他願意怎樣就怎樣。他至少還掌有人類相當的權能。

所有認識他的女人都遭殺戮。美的花園遭到洗劫！利刃在頸，她們還在虔心爲他祈福。他沒有下令另尋新的女人。——那些女人竟又再現。

遊獵之後，宴饗之餘，他把追隨他的人也一一殺死。——所有的人依然還是追隨在他左右。

他屠殺珍禽異獸取樂。他放火燒毀宮闕殿宇。他見人就追殺，宰割。——人群，殿宇的金頂，美麗的禽獸，依然如故，仍然存在。

毀滅中求得銷魂大悅，凶殘狠惡中讓青春永駐！民眾沒有怨言。在他面前也不見有人出來欲比高低。

一天夜裏，他傲然騎馬馳行。一個精靈出現，這精靈有一種說不出甚至不可對人指稱的美。他的神態和他的風儀，表達出多重複雜的愛的期許！無可言狀甚至無法承受的那種幸福的期許！國王和精靈或許在本質健全的狀態下一同消隱不見。他們怎能不這樣死去？他們因此也就相隨死去。

國君在王宮中駕崩，享年一般沒有什麼異常。國王原本就是那個精靈。精靈原本也就是那個國王。

我們的欲念，缺少的是艱深精妙的音樂。

滑稽表演

這些怪人眞有趣，很結實，很穩重。已有不少人調派過你們這些人。按照你們的本心，他們出色的本領，他們光輝的經驗，毋需也不急於一展神通。這是一些多麼成熟老練的人！兩眼呆滯形同悶人的夏夜，紅的黑的，帶上三種顏色，點金星的純鋼打煉而成；面容扭曲變形，鉛灰的，慘白的，焦黃的臉色；胡調笑謔，叫得聲嘶音啞！花紅彩綠舊衣裝，行爲走相嚇煞人！——當中還有幾個少年人，——他們對謝呂班❶怎麼看？——只要說話聲不嚇人，只要不用危險的手段來害人。打發他們到城裏背朝上往下趴，奇裝豔服打扮好，那份華麗放縱看了也噁心。

啊，強烈至極的天國，瘋狂醜惡矯飾的極樂世界！你們的「魔幻師」，還有其他許多戲劇性滑稽表演，都無與倫比。他們穿上仿照噩夢氛圍而即興設計的服裝，表演傳奇悲歌，盜匪強人與神教半神的悲劇，就是宗教、史乘上也不見有記載。他們還把親娘傳授的民間曲調，連同獸性表情的姿態與多情愛撫，混同支那人、霍屯督人、流浪人、癡呆人、伊耶那❷、莫洛克❸、陳年古舊的風魔、邪惡的精靈，演唱得淋漓盡致。他們還

❶謝呂班，意爲二品天使，也可說是可愛的小男孩。

別出心裁演出新戲，演唱〈好女〉懷春之曲。魔術大師妙手一指，人物與地點變幻莫測，還運用磁力相引做出種種喜劇表演。雙目噴火，血液歌唱，人骨變大，淚水紛飛，紅色彩帶飄搖飛舞。他們開的玩笑，他們玩出的恐怖場面，只有一分鐘，或延續整整幾個月。

荒唐野蠻的表演，其中的訣竅，只有我知道。

❷伊耶那，豺狼，陰毒之人。
❸莫洛克，澳大利亞大蜥蜴。

古意

美好可愛的牧神之子！你額上戴著花果之冠，下面你的眼睛像兩個寶珠球只顧轉動。你的面頰染了棕粉，瘦削凹陷。你的獠牙，幽光閃閃。你的前胸像是一架齊特拉琴，你的金色雙臂裏有悅耳的音響流轉。你的心房在你這腹中怦怦跳動，腹中容有雌雄兩性沈眠未醒。夜間你就輕搖你的這條大腿，第二條大腿，還有左邊的那條長腿。

BEING BEAUTEOUS❶

形體高大的「美的存在」顯示於白雪之前。死亡的唏噓，音樂低沈的迴旋，像七魂六魄使這具令人迷醉的肉體起立，擴展，震顫不已；豐肌美膚之上盡是殷紅的傷口和烏黑的裂痕。在加工臺上，生命原有的色彩加深，搖晃跳動，從「色相」❷中化解而出。陣陣顫動，陣陣呻吟，沈沈的嗥叫，造成若魔若狂的氣息，兼有死亡的嘶鳴和嗚咽喘哮，這就是我們身後遠去的塵世發出的樂音，反射到我們的美之母的身上，——她在伸展，她在起立，她站立起來了。啊！我們這具骷髏又新生出情愛的肉身。

啊，面如死灰，肩披鬃毛，水晶的兩臂！我必須穿過樹叢和輕靈氣流，猛力鑽入這具獸腔！

---

❶據考（也可能是一種推測），Being beauteous一詞，韓波得自H・W・朗費羅一八三九年詩集《夜吟》中〈天使的足跡〉一詩；與所謂「美的存在」對應。

❷色相（Vision），另一義爲顯聖。

人生

一

聖地的寬廣大道，殿宇前的大平臺！婆羅門僧人曾爲我傳述箴言，今且如何？只見舊物依然如故！江河上白銀似的時刻，陽光燦爛的時刻，女伴❶手扶著我的肩，還有辛香氣息吹拂的平原，我們佇立愛撫的情景，一直在我心頭縈繞，不曾遺忘。——殷紅的鴿群環飛❷，在我思緒中轟轟有如雷鳴。——流落在此，只剩下這一幕還依稀可見：搬演各種文學中的戲劇佳品。那豐富新奇的內容我或許還可以給你指點。對於你發掘出的珍奇歷史故事，我還要細細考校。我看看下文如何！我的智慧不值得重視，正如混沌也可鄙棄。與你的麻木不仁相比，我的虛無又能怎樣？

❶此處據一九四六年七星叢書《韓波全集》版爲「女伴」（compagne）；據一九七二年安托萬・阿達姆注釋編輯的七星叢書《韓波全集》，稱原手稿應爲「田野」（campagne）。

❷中文「環飛」在此做名詞用。

二

我是一個發明家，我的功績與我的先行者相比，大不相同；就算是音樂家，我的發現也無非是愛的祕密一類事物。如今，做爲天時不利身居窮鄉僻壤的紳士，回首往事，也多有感慨，回想窮困的童年，從師學藝的經歷，憑一雙泥腿走到現在這一步，還打過幾次筆墨官司，鰥居孤處五、六次之多，也有幾回婚娶，即使如此，我這個頑強的頭腦也容不下琴瑟諧和。我有自家的神聖歡樂，說起這些老話我從不後悔：鄉土磽薄，民風簡樸，培育了我這一份極壞的懷疑主義。但在今後懷疑主義也不見之於行，何況我已陷入新的困擾不得解脫，——我只有等待，等待有一日，變成一個十足惡劣的瘋人。

三❸

在穀倉裏面壁一十二載，我認識了人世，這齣人間喜劇我已經闡釋得一清二楚。躲進一間小貯藏室，我還研究了歷史。我在北方一座大城市某種夜半舉行的慶會上，古代名畫上的仕女都曾遇到，親眼目見。在去巴黎的舊道上，有人給我講授了古典學術。我在一座完全東方式的華麗大宅之中，完成了我的偉大事業，光榮退隱。我的血液耗盡。我的責任盡到。毋需再去想它。我實實在在身在九泉之下，而且沒有什麼囑託。

❸據考，原手稿這一篇與上兩篇分別寫在不同紙上，筆跡有差異，文氣前後也不相貫通。

出行

看夠了。色相在空氣中處處遇合交會。
也夠了。城市的喧囂，黃昏，日午，直到永遠。
知道得夠多了。生命的中止，多次停頓。——啊，喧囂和色相！
在新的情愛和音響之中，出行遠去！

王權

清晨，天氣晴好，某國淳和的人民之中，有一男一女，情態俊美，在公共廣場上，高聲叫道：「朋友們，我願她成爲王后！」「我要當女王！」她又是笑，又是顫抖。他向朋友解釋這件非常之事，說得鑿鑿有據。他們雙雙相對昏厥倒地不起。

事實上，這天上午，他們就是國王，這天上午，各處住宅房屋都張掛出鮮紅的幔帳，這天下午，他們就沿著棕櫚園一側，王者一般向前走去。

致某一種理

你的手指鼓上一擊，百音齊發，新的和聲開啓。

你邁出一步，新的人一躍而起，起步前進。

你的頭動一動：是新的愛！你的頭再一轉動，——又是新的愛！

這群小孩對你唱：「快快，及時開始，改變我們的命運，撲滅禍患災害。」人們祈求你：「我們的心願，我們的佳運的實體何在，快快，快拿給我們看。」

不論你走到何處，它永遠相隨共處。

沈醉的上午

啊，我的善！啊，我的美！殘忍的張揚的銅管樂！在其中我沒有踉蹌跌倒！仙境一般的拷問架❶！衝啊，衝向未知的業績和奇美的肉體，衝向第一次！這一切在孩子的笑聲中開始，在孩子的笑聲中結束。這種毒性將在我們的血脈裏滯留不去，即使銅樂轉換，我們歸於自古即有的不和諧。活該我們現在飽嘗這般酷刑！給予我們被創造出來的肉體和靈魂的那項非人期許，讓我們滿懷狂熱將它收攏在一起：這份許諾，這份瘋狂！優美，科學，暴力！善惡之樹埋葬在陰影之中，將暴虐專斷的正直驅逐出去，這本是早已許諾給我們的，爲的是招回那極其純潔的愛。開始有幾分厭惡，結束，——因爲我們不能立時抓住永恆，——還是以芳香的混亂告終。

孩子的笑，奴隸的審愼，處女的嚴峻，出於對這裏的形貌與物件的恐懼，有了這一夜的記憶，願你們都屬於神聖。這一切都從粗俗開始，請看這一切又以火焰與冰的天使告終。

沈醉的一夜，神聖的一夜！當時也許僅僅是爲了你贈予我們的那張假面具。我們向

❶將人綁在一種支架上加以拷打懲治的刑具。

你肯定，方法！你昨天讚美我們每一個人的年紀，我們都不會忘記。我們相信毒藥。我們能把自己的生命日復一日拿出來奉獻。

這就是「殺人犯」的時代。

片語❶

世界為我們這四個受驚的眼睛縮小成黑暗的小樹林，——為兩個忠誠的孩子，世界壓縮成一處海灣，——為我們明澈的情投意合，世界緊縮成了一座音樂廳，——我一定會找到你。

願人世只留下一個安詳美好的老人，就他一個人，周圍展示有一種「不曾見過的華美」，——我一定匍伏在你的膝前。

你所有的記憶但願我一一實現，——但願我就是把你緊纏緊裹的那個人，——我一定緊抱你，把你悶斃不留一絲痕跡。

要是我們都強勁有力，——誰後退？都那麼開心喜悅，——誰會成為笑柄？要是我們都很壞，——又能把我們怎樣？

❶據查證手稿，〈片語〉分為兩大部分：前三節之間有橫線分隔，原接〈沈醉的上午〉之後，筆跡與之相同；其後五節是另一部分，原寫在另一張紙上，筆跡與〈王權〉相同，五節之間有星號分隔；前後兩部分的主題也不相同。

布置起來，打扮起來，跳吧，跳舞吧，笑吧。——「愛情」我絕不會把她從窗上丟出去。

——乞食女，小妖精，我的同伴！多少不幸，多少災難，多少心機，多少手段，你都無所謂，可是我這些困難怎麼辦。你跟我們去，和我們同心相結，帶上你那不可能的聲口嗓音，你的聲音！

可恨的絕望，絕無僅有的諂媚者！

七月，一天上午，陰沈沈。死灰氣味在空中流散；——爐中木柴發汗的氣味，——爛腐的花卉——散步場的蹂躪踐踏——流過田野的溝渠的霏霏細雨——玩具和乳香爲什麼不見？

我給一座座鐘樓繫上繩索接連在一起；我給一扇扇窗張掛花飾讓窗與窗相連；我在星辰上一一結上金鏈條給它連成一氣；我於是舉步起舞。

高地池塘水氣氤氳。會有怎樣的女巫，現身站立在白茫茫的夕照上？會有怎樣一片紫茵茵的葉影冉冉降落？

公債在博愛的歡慶中散發出去，鐘聲在雲中如同赤紅大火奏鳴。

在我的不眠之夜，一陣黑塵有如微雨紛紛灑落，有中國水墨畫的那般意象。——枝形吊燈上燭光且放暗，容我上床，側身轉向暗影，我的少女，我的女王，你們就在眼前，我看見了！

工人

看這二月天的午前多麼和暖！這不合人意的南方讓我又想起苦難的青年時代，想起種種貧窮困苦荒唐事。

亨利卡❶穿著一件棕白格子布裙，這布裙上個世紀想必時興流行；頭上戴一頂紮有飾帶的便帽，還圍著一條絲巾。比穿孝還愁慘。我們兩人到城郊走走散散心。天氣陰沈釀雪，這南方刮來的風有廢園、枯草地刺鼻的氣味。總不該讓我太太像我這般煩難苦辛。上個月淹大水，相當高的小路上竟留下一汪水窪，我太太指著叫我看，水裏留有很小的小魚幾尾。

城裏煙塵瀰漫，市聲嘈雜，順著大路在我們身後遠處緊逼不捨。啊，另一個世界，那裏的居民有上天祝福，還有林木蔭翳，垂影森森！南方只叫我想起童年時代的慘事，夏季還有種種失望的打擊，還有命運始終吝於恩賜，還有我那超過限量的知識和力量。不行！不行！絕不能在這慳吝寡恩的國土上度夏，我們在這個地方將永生永世是兩個待婚的孤兒。我祝願自己這變得僵硬的手臂，不要空挽著一個親愛的虛象。

❶是挪威女人常有的名字。

橋

水晶灰色的天空。橋與橋構成的奇異圖形，長直的橋，拱頂橋，另一些與那些橋相交的折角斜形橋，在運河另一番明晃光亮的流通運轉中，圖形錯綜變化，反覆顯現，運行流轉又是這樣悠長輕盈，使得兩岸承載的一座座圓頂大教堂漸至下沈變小。這許多橋，有幾座支撐著已破敗的橋屋。還有一座座橋，豎立著信號柱，沒有信號標誌，橋欄不很牢固地排在橋上。委婉的和聲交錯鳴奏，又緩緩引去，弦樂從陡峭的河岸揚聲而起。你能辨認出紅衣閃現，也許是別樣的衣裝，也許是幾種樂器在移動。是流行的小調？是領主府第音樂會上的幾段樂聲？是眾人高唱頌歌的餘響？水光藍灰閃閃，寬闊得好像海灣盪漾。──一道白光從天上投下，抹去這一幕喜劇，沒入空無。

城

我是一個蜉蝣，也是惡俗的現代大都會並不怎麼心懷不滿的公民，因爲住房內的陳設和外部裝飾趣味全已蠲除，如同城市布局避而不論一樣。你在這裏看不到什麼迷信的建築的蹤跡。道德與語言畢竟已經簡化爲最簡單的公式！幾百萬人彼此毋需相知，接受相同的教育，從事類似的職業，度過同樣的暮年，活過的一生，短促得比大陸人民可見到的最荒唐統計數，還不知差多少倍。還有，我只見窗外不散的濃煙中鬼魂顛躓翻滾，——我們的森林的綠蔭，我們的夏夜！——這裏事事物物一模一樣沒有區分，所以我的小農舍，是我僅有的家園，是我心之所寄，就在屋前，只有新厄裏倪厄斯❶麇集！——沒有哭泣的「死」，是我們熱心的女兒和婢女，還有一位絕望的「愛」和一位美麗的「罪惡」，正在小巷泥濘中嚶嚶啼泣。

❶厄裏倪厄斯，希臘神話中三個復仇女神的總稱，她們在地獄裏追逼背誓者、欺人者、殺人者，讓他們癲狂至死。

輪跡

夏天的黎明喚醒了園中右側一隅的綠葉，霧靄，聲音，左側坡地上的紫影幢幢中，千條萬條牽繫著潮濕大路上急行馳去的輪跡。是絡繹不絕的夢境。眞的：好幾輛大車載著漆金木雕的獸物，桅杆和五彩帆布，由馬戲團花斑馬二十匹拉著疾馳，還有童男，還有男人，都騎在牲口上，都是最最使人駭異的牲畜；——二十輛大車，繫在一起，掛著彩旗，有花彩裝飾，像是古時或者故事裏講的那種四輪華麗馬車，車裏坐滿了打扮美麗的孩子出去郊遊。——同時，有烏黑華蓋的馬車，載著棺材，黑夜似的華蓋上插著許多烏木做成的羽飾，由許多匹藍色大牝馬及黑色大牝馬拉著快步匆匆遠去。

城市❶

這是一些大城市！阿勒格哈尼斯❷和黎巴嫩常在某些人夢中顯現！水晶小屋和木舍在看不見的軌道、滑輪上往復來去。古老火山口四周有巨獸，還有銅質的棕櫚樹，在烈焰噴湧中咆哮，旋律優美。山中木屋後面，懸空的水渠之上，情愛的慶會弦管高奏。排鐘競相追逐，音調在喉中嗚咽。各重量級歌唱者協會，身穿華彩閃光的服裝，舉著彩旗，如頂峰上耀眼的光芒急急跑來。深淵中心的平地上，多少羅蘭❸吹響英勇赴敵的號角。天上太陽如火如荼，往架在深淵上的天橋和旅舍屋頂上紛紛張旗掛彩。高潮急驟降落，與一定高度的平野相連接，已有神品的半人半馬女獸，在這裏的雪崩中自我煉化精進。在海脊最高的高度上，隨著珠貝、海螺發出陣陣繁響，維納斯女神永恆的誕生形成滄海翻騰激盪，——海洋隨著閃光死去，漸漸融入黑暗。在斜面上，大如我們的兵器、

❶城市，此處原文爲複數，與前一首〈城〉爲單數不同。可稱爲城市一。
❷阿勒格哈尼斯（一譯阿勒格尼山），屬美國東部阿帕拉契山脈。後黎巴嫩亦指黎巴嫩山。
❸法國中世紀有關查理曼大帝傳說中的英雄人物。在一次征戰中，羅蘭領兵斷後，在庇里牛斯山脈中遭到襲擊，奮力迎戰，死前吹響報警呼援的號角。法國有史詩《羅蘭之歌》記其事。

我們的酒杯那樣的大花像大豐收一樣，擾擾攘攘喧嘩有聲。麥布仙❹的隨行行列，一式穿著乳白透明、橙紅色衣裙，從湍急流水上升起。在高處，鹿站在亂石激流和荊棘叢中吮吸月神的乳汁。郊區的酒神女祭司，她們在哭泣，月在燃燒，呻喚號叫。維納斯走進鐵匠和隱士的岩穴。一群群鐘塔奏出各族人民的思想意念。建築在白骨上的古堡也發出不可知的樂曲。世上所有的傳說都在發展演變，各種激情躍動衝向市鎮。暴風雨的天堂崩毀。野蠻人舞蹈不止，慶祝夜之慶會。於是有一小時我陷入巴格達大街上騷亂的漩渦之中，人群在這裏的濃烈微風吹拂下，歌頌新的勞動的歡樂，風四處吹動，也吹不散群山中的幽靈幻影，人們本應留在這群山之中。

在這讓我安靜睡、讓我寧息少動的地方，能不能把那個好時辰還給我，能不能把那善意的手臂伸給我？

❹英國童話故事中，仙女之后的名字。

流落

可憐的兄弟！幸而有他，多少慘怖的夜晚，多虧他在身邊守護！「這件事我沒有盡心用力做。他虛弱有病，我竟沒有當它一回事。怪我不是，我們又流落在外，與人爲奴。」他猜想我命苦，苦得也怪，他想我無罪無辜，也眞是出奇，他還講出不少道理，說得我眞是心神不寧。

我一邊冷笑，回答這個撒旦醫師❶，後來我逕自走到窗前。就在窗外我幻化出一片郊野，有人分成幾隊吹奏曠古未聞的音樂，還有未來的夜的華彩中的鬼魂，音樂與鬼魂在田野上穿插來去。

迷茫中我做了這一番有益於健康的消遣之後，就展身躺在草蓆上。以後，幾乎每夜，我這可憐的兄弟，睡下不久便又起身，嘴爛成一個窟窿，眼珠掛出眼外，——正是他夢中那個模樣！——他還把我拖到客廳，嗷嗷吼叫，對我絮絮講述他那愚蠢透頂的噩夢。

❶一八七八年八月，魏崙在一封信中說：「重讀你所知道的那位先生的《彩畫集》（*Painted Plates*），和他的《地獄一季》一樣，我在其中以撒旦醫師的身分出現（這一點，是不確的）。」

我懷著一片赤誠，誠心承諾必定使他恢復太陽之子的原始狀態，——於是，我們四處流浪漂泊，渴了喝岩洞裏的酒❷，餓了就吃路上吃的乾糧。我自己，我本急於去尋找那應去之地，尋求那必在的理式。

❷有研究者認爲岩洞裏的酒，按詩人故鄉的方言，意思是說泉水。

城市❶

官方的衛城還在擴展已經極爲龐大的現代野蠻化設想。天空是固定不變的一色灰白，磚石建築帶有帝王氣勢的光華，地面上鋪設的是永不變色的白雪，這就造成白晝黯淡無光。按照新奇的追求巨型的審美觀，古代建築一切奇蹟再現於前。在許多地方，我曾經二十次參觀比漢普頓宮美術館❷規模更大的繪畫展覽。怎樣的繪畫！還有一個挪威的尼布甲尼撒❸下令建造的政府各部門的大梯；我所見到的下屬官員，人人都賽似婆羅門❹那般高傲，我見過身形高大的守衛，還見到守在建築物前的軍官，看到他們我就惴惴發抖。在這裏人們將屋宇建築配置成爲群體，形成一處處封閉的廣場，庭院和平臺，鐘樓一律排除在外。各處花園經過絕妙的藝術加工，呈現出自然原始景象。高級住宅區

❶與前一首〈城市〉原題相同。此處可稱爲城市二。

❷漢普頓宮在倫敦地區，十六世紀始建，十八世紀成爲王室宮邸，後改爲美術陳列館。

❸原指新巴比倫國王尼布甲尼撒二世，西元前五世紀時國勢隆盛，版圖擴張至敘利亞、腓尼基、巴勒斯坦，在位時大興土木，修建巴比倫城，並爲王妃建造空中花園。

❹據稱原手稿此字無法辨認，有人認爲應是婆羅門（Brehmanes），有的版本則認作是古代高盧首領（Brennus）。

有些方面看來令人不可解：出現一處海灣，又不見舟船往來，沿岸設立高大燭臺，地表鋪著藍玻璃屑層面。有短短的橋梁，直通聖禮拜堂❺大圓頂下的暗門地道。這個大圓頂是一個直徑約有一萬五千尺❻，精工製造的鋼架。

大廈與圓柱四周遍布懸空的銅橋，平臺，環梯，站在這橋、梯、臺上，從幾個視點我知道可以測度這座大城市的深度有多深！在這樣的奇景之中，我也不能估量另一些城區地域是高出還是低於衛城的水平。我們這個時代的外邦人，對他來說，是不可能有這一類知識的。商業區實在是別具一格，帶拱廊的circus❼商店是看不到的，車道上積雪踏成泥濘一片；倫敦禮拜日清晨，街上閒步而行的人難得看見，這裏只有從印度發大財回來的幾個闊佬，匆匆踏上裝飾著鑽石的大驛車。有幾張紅絲絨坐床：可以坐在上面啜飲極地運來的飲料，價值八百至八千盧比。要想在circus這地方找戲院看戲，我說，這些商店不是已有相當悲慘的戲可供觀看？我推想這裏有警察局；法律想來一定非同一般，在這裏鋌而走險這個念頭，我還是放棄爲好。

郊區十分漂亮，不下於巴黎一條美好的街市，更有燦燦發光的空氣招人喜愛，形成

❺因前文提到挪威的尼布甲尼撒，許多注釋家對以後有關建築等描述均與北歐歷史、建築聯想，此處聖禮拜堂認爲是指斯德哥爾摩的聖禮拜堂。巴黎也有一座聖禮拜堂，十三世紀起建，尖塔高達七十五米，宏麗優美。

❻過去一法尺相當於三百二十五毫米。

❼英文，馬戲場，或古代羅馬的競技場。

民主基本核心的有重要人物數百人。在這裏，房屋與房屋不相連接；很奇怪，市郊在鄉野間不知不覺就不見蹤跡，「領地」使永恆的西方布滿著森林和奇花異木，這些未開化的紳士在其中追逐狩獵，年復一年，在新發明的照明下寫成他們的歷史。

守夜

一

這是明澈如光的憩息，是在床上或草坪上的休憩，不是發熱病，也不是衰竭萎靡。是朋友，既不那麼熱烈有情，也不是軟弱卑微。朋友。是愛人，不折磨人，也不受人折磨。所愛的人。大氣和世界，絕非尋求可致。生命。

——就是這樣？

——夢轉冷了❶。

二

建築物主軸❷上的照明又亮了。大廳兩端，有一些裝飾，和諧的仰視線❸相交在一

❶夢好比是風，風力增強，就變得更冷。

❷原文為 l'arbre de bâtisse，本義為「樹」。

起。守夜人正面壁上，是壁簷的心理序列，大氣氛圍與地質偶發性形成的系列。——夢境激烈緊張又快速閃動，夢中有種種情感的類型，兼有各種表現中種種性格的存在者。

三

不眠之夜的燈和地毯發出濤聲波動，沿著船體四周和圍繞底艙四周，是黑夜。

不眠夜的海，有如阿梅利❹的胸腹乳房。

壁毯下半垂著綠寶石色的網飾，不眠夜的斑鳩在那裏翻飛跳動。

……

黑洞洞爐火的擋火板，沙灘上富有的太陽：啊！魔法之井；這一次，是黎明唯一一次顯現。

❸仰視線，原文élévation還可做升舉，上升等解釋。

❹此一女人名無所指；在原作中與上下多處詞語押韻。

神祕

天使在山麓斜坡和綠玉似的草叢上旋舞，羊毛織成的衣裙迴旋轉動。

草地放出火焰，漫過圓頂山山頭。左側山脊肥沃土地上，戰爭、屠殺正在肆虐，災禍發出喧聲，沿著那條曲線四向擴散。山脊右側後面，是東方，是進步的路線。

這樣，這幅圖畫的上部，是由人性的海洋和黑夜的螺殼，躍動旋轉發出音響構成。

天空，星辰，以及其他一切，所有如花般的優美溫煦，對著山坡像一架大花籃，——正對著我飄落下來，在它下面，展開了一派鮮花怒放，明藍不見底的深淵。

黎明

我擁抱夏天的黎明。

宮殿正面，一切都靜止不動。水也死去了。陰影駐留還沒有從林中路上退去。我從這裏走過，喚醒了呼吸律動，溫熱有力的喘息，寶石在閃閃探視，有羽翼無聲地飛去。

小徑上已經布滿鮮潔微弱的閃光，這裏第一件大事便是一枝花對我說出它的名字。

我對金髮的wasserfall❶笑，她的長髮在松樹叢中紛亂披散，在銀色山頂上我看見了那位女神。

於是我把那面紗一層一層揭去。在林中小路上，手臂還不停地搖著掙扎著。走過平原，我要去通知雄雞。在大城市，一座一座鐘樓，在一座座圓屋頂上，她躲來躲去，逃之又逃，她在雲石砌成的河岸上就像乞丐那樣逃走了，我去追，去追她。

在大路高處，在月桂樹附近，我抓住她的層層面紗把她緊緊裹住，我略略感到她身體碩大。黎明和孩子一起跌倒在樹林下。

醒來已經是中午了。

❶德文，瀑布。

花卉

長長的絲帶，灰瑩瑩的紗羅，綠色天鵝絨，水晶圓盤有著陽光下青銅的黯淡色澤，在這繽紛交錯之間，我從金階梯向下方看去，我看見那株迪吉塔爾❶在銀線、眼睛和長髮結成的地毯上盛開。

瑪瑙鑲金的構件，桃花心木列柱，支撐著綠玉圓屋頂，還有一簇簇雪白的緞子，一支支紅寶石鑲成的細杆，圍在玫瑰花形泉水四周。

就像神明的藍色大眼睛，以雪的形狀，海與天在雲石平臺上引來無數初放的剛健玫瑰。

❶迪吉塔爾（digitale），屬玄參科，多年生草本，全株被有茸毛，葉互生，卵成玉卵狀披針形，初夏發花，花多數，成頂生的長總狀花序，花冠鐘狀唇形，上唇紫紅色，下唇內部白色有紫色斑點。

通俗小夜曲

一陣風吹來，隔板上如大歌劇熱烈喧鬧的❶裂口驟然破開，——吹得銹蝕的屋頂迴旋亂轉，——吹散了家庭的界限，——十字大窗也翳翳無光。——踏著怪獸形雕石的噴水口，順著長春藤下來，——我走上一駕四輪華麗馬車，車上凸面玻璃窗、車內板壁繃著隆起的皮革，還有翹曲變形的軟座，表明馬車屬於什麼朝代。我長眠其中的靈柩，孤絕獨一，我這類愚蠢的牧人的陰宅，在不見其形的大馬路上，馬車在草叢上掉頭轉彎：右側玻璃窗缺口上方，只見淡月的各種形態，木葉叢叢，橫山側嶺旋轉流動；——一種深綠和一種深藍侵入意象。來到一片礫石印跡附近，下車卸馬。

——這裏是不是有人要喝倒彩，是不是對大風暴，還有索多瑪——還有索利姆❷——還有猛獸、軍隊，都噓上一噓，——（夢中那個騎在四輪馬車前導馬上的馬車夫副手及馬匹，會不會踅回那悶死人的大森林，把我深深引入如絲的流泉的眼目之中？）

❶「大歌劇熱烈喧鬧的」原文是一個罕見的詞語opéradique，據說龔固爾兄弟在《十八世紀藝術》一書中曾使用此字。

❷《聖經》中說索多瑪爲罪惡與墮落的城市，遭天火毀滅。索利姆即耶路撒冷。原文在此均爲複數。

——還是把我們拋到流淌潑濺的水和酒裏痛加鞭撻，讓我們在群犬包圍狺狺狂吠下滿地打滾吧……

——一陣風吹來，吹散了家庭的界限。

海

白銀黃銅打製的兩輪車——
鋼和銀鑄成的船艏——
拍擊著浪花，——
掀亂深根古幹的盤根錯節。
荒原上潮流湧起，
還有退潮無邊無際的軌跡，
流向東方往復不已，
向著森林的支柱湧去，——
向著堤壩的杜椿流去，
光如旋風朝著那突角撞擊。

冬天的節日

喜歌劇中小茅舍後面，瀑布濺水聲聲入耳。燈彩在果樹林，蜿蜒溪流近旁的小路上，無往不在，綿延逶迤伸展開去，——暝色紅綠繽紛。賀拉斯❶的水仙梳上第一帝國時代的髮式，——布歇❷畫的西伯利亞環舞、中國環舞。

❶賀拉斯（65B.C.—8A.D.），古羅馬詩人，從傾向共和轉而擁護帝制。第一帝國時代係指一八〇四至一八一四年拿破崙稱帝時期。

❷布歇（1703—1770），法國畫家。

焦慮

「她」會寬恕我的雄心屢屢橫遭挫敗，——一個差強人意的結局可以補償過去貧賤無告的歲月，——一旦成功，就讓我們躺在命中注定的無能這種恥辱上安然大睡，——可能不可能？

（棕櫚葉❶！金剛石！——愛情！力量！——高於歡樂與光榮！——無論什麼方式，無論在何處，——魔鬼，神，——這麼一個人的青春：我！）

科學的美夢和社會博愛運動生出種種事件，像原初的眞誠得以恢復那樣，也會受到珍視？……

但是，弄得我們服服貼貼的「吸血鬼」，下令叫我們按照它留下的方式戲樂，否則我們就是一批荒唐可笑的角色。

還是到可厭的大氣和海洋裏，血肉狼藉地滾上一滾；到害人致命的水與風的沈寂中，受盡折磨地滾爬；嚴刑在對著你笑，就在嚴刑拷打殘酷叫囂以及沈默無聲中翻騰滾跳吧。

❶榮譽、勝利的象徵。

大都會

奧西恩海上的靛藍海岬❶，紅酒似的天空漂洗過的桃紅兼橙紅沙灘上，縱橫交錯架起了水晶石大馬路，有淫亂的年輕的窮人家在這裏聚居，吃的是蔬菜水果商供應的食物。這裏沒有有錢的人。——城市！

天上是層層卷卷可憎的濃霧，天空扭曲，延伸，垂落，變成極其陰慘的黑煙，只有服喪的「海洋」才這樣黑，從這瀝青的沙漠上，頭盔，車輪，小艇，馬匹，潰亂敗退。——戰爭！

抬頭向上看：是拱形木橋；撒馬利亞❷最後的菜園；暗夜寒風拍擊搖晃不定的燈下，盡是塗彩的假面具；河岸下穿花裙憨態可掬的小水仙❸；豌豆圃中發光的死人骷髏，——還有其他種種幻象——戰場。

❶據安托萬·阿達姆分析，一八七六年韓波爪哇之行，曾見到新加坡，這便是靛藍海岬所指，乘船返回在蘇格蘭對面的愛爾蘭一港口上岸，所以奧西恩海是指蘇格蘭與愛爾蘭之間的海域。此說無妨做爲背景來看。

❷今巴勒斯坦地區中部的古城，《福音書》記有耶穌在撒馬利亞行奇蹟之事。

❸此處原指北歐神話中的水仙。

許多大道兩側都圍上欄柵和圍牆，牆裏剛好圍有許多小樹叢，還有那種叫做心和妹妹的殘忍花卉，大馬士革懲罰定罪也感疲憊❹，——那就是外萊茵地區、日本、瓜拉尼❺神仙故事裏的貴人占有的屬地，只有他們還能接受這種古代音樂——還有一些小旅店，只是這些小旅店永遠閉門不開——還有王妃公主，如你不覺過分吃力，還有星象研究——天宇。

清晨，你和「她」，在大雪飛揚下，青綠的口唇，白冰，黑旗，藍光，還有南北極太陽發出的紫色芳香，——你們也許就在這裏奮力掙扎，——你的力量。

❹「心」、「妹妹」、「花」在原文押韻，「大馬士革懲罰定罪也感疲憊」原文「Damas damnant de langueur」，亦為音調回應，這是有意嘲弄而賣弄文詞音韻，並無深意。

❺瓜拉尼，指南美巴拉圭印第安人。

野蠻

經過多少白日和季節，還有許許多多人的存在和國土。
血肉淋漓的旗豎立在絲綢一般的海面和北極的花叢上；（那是不存在的。）
不要炫耀陳腐的英雄主義——至今它還在衝擊著我們的心和我們的頭腦——遠遠避開自古就有的謀殺——
啊！血肉淋漓的旗幟豎立在海洋的緞面和北極的花叢上；（並不存在。）
甘美穩定！
烈焰灑下一陣陣霧凇，——甘美！和平！——我們的心爲我們在塵世上炭化爲永恆，我們的心拋灑出金剛石的狂風火雨。——啊，世界！——
（衰老的隱退，至今還聽到和感到的古老欲火，遠遠避開，）
熾烈的火和白色的浪花。音樂，星體的渦漩和冰體的撞擊。
啊，穩定，世界，音樂！那裏還有形式，汗水，長髮，美目，都在飄浮飛動。還有白色的淚在沸騰，——啊，和平甘美！——還有直抵火山深底和北極洞窟深處的女性的話語。
旗……

大拍賣

猶太人不曾賣掉的，貴族、罪惡還不曾品味過，可詛咒的愛情和地獄中群眾的正直所不知的，都要拍賣出去；時代甚至科學拒不確認的一切，也削價出賣。

重新組建的「聲音❶」；樂隊、合唱團全部力量的親切展現，連同演奏的瞬間；展放我們感覺意識的時機，一閃即逝的時機！

超出於種族、人世、性別、血統的軀體，無價可估的「肉身」，出賣！每次採取重大步驟湧出的財富，出賣！金剛石，不受控制，大甩賣！

安那其主義銷售給群眾；無可限制的滿足出售給高級的愛好者收藏家；凶險的死亡賣給忠忱的信士和情人！

定居和遷移，出售，體育競技、夢境和完善的起居設施，出售，還有它們形成的音響、變動和未來，都出賣！

算術的應用和不曾耳聞的和聲突變，出售。各種新發現和無可置疑的期限，直接領有權，出售。

❶聲音（voix），原文兼有願望、發言權等多重含意。

對於不可見的輝煌榮耀，不可覺的歡樂希求，那種無止境的瘋狂的衝動，還有它對於邪惡使人癲狂的那些隱祕，還有它對民眾所具有的可怕的狂歡極樂，都出賣。

「肉身」，聲音，不成問題的豐足富有，從來沒有人能賣出的一切，都出賣。出賣者的大拍賣是沒有底的！旅人毋需忙於退回他們的委託！

FAIRY❶

天體空寂靜謐，在童貞的陰影與不動情的光照之中，美侖美奐的精氣爲海倫❷交匯合一。夏日的炎熱託付與喑啞的飛鳥，慵倦怠惰需要一艘無價的喪葬用小船，飾以死去的愛情和下沈的香氣。

——樵女吟唱，樵女總是在樹林遺跡下的湍流喧聲中，在畜群鈴聲於谷中響起回音時，在草原上的呼喚聲中，在這樣的時刻吟唱之後。——

毛皮❸與陰影，還有窮苦人的胸懷，還有天上的傳說，都在爲海倫的童年顫慄。

還有她的美目和她的舞姿，比之於珍奇罕見的光彩，冷酷無情的權勢，唯一的美麗的假象，和絕無僅有的時間提供的快樂，更是卓絕超逸。

❶英文，仙女之意。手稿標題後有「I」字樣，表示至少有「II」，但無從查實。
❷此處的海倫可以有很多種解釋，可以指荷馬史詩中的傾城大美女，也可以是指莎士比亞作品《仲夏夜之夢》的女主角。
❸七星叢書全集一九四六年版爲「樹叢」。

戰爭❶

孩子，某一類天空使我的視力變得精密敏銳，各種性格讓我的面目表情富於精微變化。「各種現象」都在激變之中。——現在，時間的永恆的流變和數學上的無限，反把我從這個世界上到處驅逐追趕，在這個世界上，我只能容忍一個公民所取得的一切成功，因爲異乎尋常的童年使我受到尊敬，還有大量的情好愛戀。——我在設想一場戰爭，有關權力或力量，有關無從預見的邏輯的戰爭。

很簡單，簡單得就像一個樂句。

❶據查手稿上「戰爭」前原標有「II」字樣，一九七二年七星叢書全集本在標題前標出，此處從略。

青春

一　禮拜日

種種籌謀算計，天上的總歸降落於下無可避免，還有記憶的探訪，還有各式節律的展現，這一切，充滿著人的住所，占據著人的頭腦，充斥於精神世界。

——一匹馬從郊區賽馬場逃逸，沿著種植場和育林地馳去，一匹被瘟疫洞穿炭化結痂的牡馬。一個不幸悲慘的女人，屬於戲劇的女人，在世上某地，唏噓悲嘆，渴求那似有若無的遺棄。經過暴風雨，經過酩酊大醉，經受重創，亡命之徒也萎頓無力。一些小孩在河邊岸上詛咒，咒罵得力竭聲嘶。——

我們就在這吞噬一切的苦業喧囂聲中再學習吧，這種苦工已在人群中集結，又興旺盛行起來了。

二　四行詩

體質構成正常的「人」，肉體不正是園中累累下垂的果實，——天眞無邪的白晝！肉體是可供任意揮霍的財；——愛，是普賽克❶的危險還是普賽克的力量？大地有坡地許許多多，富饒如同王公，豐滿得像是藝術家，所以血統和種族將我們驅趕投向罪惡和悲哀：這個世界，你們的財富，也是你們的危險。但是現在，艱辛的勞動已告完成，你呵，你的籌謀計算，你呵，你的焦急，缺乏耐性——都已成爲過去，剩下的只有你們的舞蹈、你們的歌唱，這也不是固定不變的，也絕不是被迫的，盡是出自發明與成功的雙重結局，——憑藉不具形象的萬物，做爲友愛與審慎的人道，——僅僅只是一個季節；——力量和權力反映著現時唯一可珍視的舞蹈和歌唱。

三　二十歲

有教益的話語都被廢除……自然人肉體的純眞，可悲地變質不再鮮潔新穎……——Adagio❷。啊！青春期說不盡的利己主義，勤勉好學的樂觀主義：今年夏季，世界怎麼有這許多鮮花！樂曲和形式正奄奄死去……——合唱，爲的是平息虛脫無力和失神喪志！明澈如玻璃的一支合唱隊，唱出夜的旋律……神經直在搖晃打滑。

四

你依然沈陷於安托萬❸的誘惑。仍然熱衷那縮短了的嬉戲，幼稚的傲慢的邪癖，沮

❶普賽克，希臘神話中以少女形象顯現的靈魂的化身，與愛神埃羅斯相戀不捨，彷彿心靈與愛欲難以割捨。
❷Adagio，柔板，慢速。
❸安托萬（即聖安托萬，251-356），埃及的基督教隱修士，在隱修期中見到種種幻象，經歷過種種誘惑。

喪消沈和恐懼。

這種苦差事你必須去做❹：一切完美和諧與建築術的可能性，都在你坐席四周不停地轉動。許多完善的、未見過的存在，將現形於你的經驗。古代人群和閒放無爲的豪奢，其珍奇之處也將在你四周匯集湧現。你的記憶和你的感覺，將是你創造的衝動的食糧。至於世界，如果你遠遠離去，世界會變成什麼樣？現時的外表形跡，無論如何都將不復存在。

❹一九四六年七星叢書全集本此處不另起一行。

海角

燦爛的黎明和顫抖的黃昏，發現我們這艘外海雙桅橫帆船，正朝著這座山野中的大別墅和它的附屬建築物航去，這座大別墅及它的附屬建築物形成長長一列海岬，這海岬與埃皮魯斯❶、伯羅奔尼撒半島及日本大島不相上下，甚至和阿拉伯半島一樣廣闊！神殿祭壇，被前來祈求神諭的佇列來去照得火光通明；現代海岸防禦，視野廣闊；沙丘上有如同火燒般的繁花裝飾，還有狂歡舞樂；有迦太基式的大運河，還有那很不體面的威尼斯Embankments❷；有埃特納火山❸噴出的濃漿和開花流水的冰川裂隙；有德國楊樹生長在四周的大洗衣池；有垂著日本樹樹冠的奇特花園分布的坡地；還有斯卡爾布羅或布魯克林「皇家大旅館」或「豪華大廈」❹呈圓形的建築物正面；兩側還有專用的railways❺爲這種旅館提供服務，從義大利、美洲及亞洲歷史上最華美、最龐大的建設中精選移

❶埃皮魯斯（一譯伊庇魯斯），巴爾幹半島古希臘一地區；伯羅奔尼撒半島亦屬希臘。
❷英文，堤岸。
❸埃特納火山在義大利西西里島上。
❹一八七四年韓波曾去過倫敦地區的斯卡爾布羅，當地確有皇家大旅館與豪華大廈，其外貌如詩中所寫。
❺英文，鐵路線。

植而來的各種設施，試看那許多門窗與平臺，現在是光線照明無所不在，涼風習習，飲料充裕，旅行者與貴族只要心有所欲便無所不備，這一切，在一日之內任何時間，不論是沿岸一帶的塔蘭泰拉舞曲，——甚至谷地裏流行的，富於藝術性的間奏曲——無不適用於將「海角大廈」建築的各個側面裝飾得美妙神奇。

演劇❶

古老戲文弦管齊奏，正在上演，分爲一折一折，講的是牧女的嬌媚情愛：露天大舞臺上出現幾條大馬路。

場上崎嶇多石，一條木頭的pier❷橫貫全場，一群蠻人在幾株枯樹下來回走動變換隊形，表明他們正在進化。

在黑紗做成的長廊下，提燈、持葉的散步人，按散步人的步態走動。

扮演角色的鳥❸紛紛跌倒在磚砌的浮橋上，群鳥搖動著浮橋，群鳥上布滿觀眾的小艇。

有幾場戲由簫鼓伴奏，簇擁在屋頂天花板凹陷處表演，天花板四周有現代俱樂部大客廳或古代東方大廳堂環繞。

劇中表現的仙境，在以矮樹林爲頂的圓形大劇場最高處表演，——在彼俄提亞❹人

---

❶原題*Scènes*，爲複數，詩中展現的應是多重演出場景。

❷英文，長堤之類。

❸據查手稿此處原寫作Des oiseaux comédiens，後刪去，改爲Des oiseaux mystères（神祕〔劇中〕的鳥）。

看來，仙山美景，在晃動著的大喬木樹蔭下，田野農作物鋸齒形的脊線上，起伏疊宕，曲調時時都在變化。

我們坐在由十塊隔板分隔火焰翻騰的樓座上，視線參差不一交集在舞臺上，舞臺上正在上演一齣分割成一段一段的喜歌劇。

❹彼俄提亞，在希臘。

歷史的黃昏

比如說，有一天黃昏，一位心地純樸的旅遊者，從我們所處的這種經濟恐怖中抽身退走，以一位大師之手，將羽管風琴彈奏，奏得生機勃勃，綠草地的羽管風琴；在池塘深底之下玩牌戲，池塘也是引來女后和嬌女潛形現影的鏡子；還有聖女，戴面紗的修女，還有和諧之子，還有夕陽西下映現出獨有傳說中才有的那種奇幻色彩。

獵隊和馬隊譁然行過，黃昏爲之顫慄不已。在草地露天舞臺上，戲劇一滴一滴滴落下來。在愚蠢的不同層次上，是窮人和弱者的艱難和困厄。

德意志按照它自身爲奴的見識，築起直通月球的木架；韃靼人的沙漠放出光華；古代的叛亂在天朝帝國❶中心蠢蠢欲動；憑藉樓梯與國王的扶手椅❷，一個小小的平庸世界建立起來，這就是非洲和西方。隨後是一場可知的海洋與可知的黑夜的芭蕾舞，還有某種毫無價值的化學，以及種種不能成立的旋律。

❶似指古代中國。

❷一九四六年七星叢書全集寫作「岩石的扶手椅」（fauteuils de rocs）；一九七二年七星叢書全集按哈特曼（Paul Hartmann）提出的變文，改爲「國王的扶手椅」（fauteuils de rois）。

不論在什麼地點，郵車能帶給我們的無不是同樣的布爾喬亞妖術！人的這種生存環境，連最起碼的物理學家也認爲不可忍受，這種有形的、物質的、肉體的悔恨之霧，只要一想，就是一種痛苦。

不，不！——悶熱窒息的氣候❸，海洋的消退，地下火的燃燒，行星的失蹤，由此引起的災變毀滅，這一切究竟什麼時刻發生，《聖經》和諾爾娜女神❹心懷叵測都沒有確鑿指明，這件事嚴肅認眞的存在，今後必須認眞對待。——不過，這絕說不上是古代傳說留下的後果！

❸原文爲étuve，本義是蒸氣浴室。

❹日耳曼神話中預知過去、現在、未來的三位命運女神。

波頓❶

現實對於我偉大的性格來說未免太棘手，不好辦，——不過，我在我貴婦人的府上，變成一隻灰藍色巨鳥，對著天花板線腳飛去，在黃昏暗影中拖著一雙下垂的翅膀。

在鑲著她極喜歡的珠寶和表現她形態的傑作的華彩床蓋下邊，我又成了齜著紫紅牙齦的熊，因爲悲愁一身長滿晃晃毛髮，兩隻眼睛底下有水晶白銀底座托住。❷

一切都成了陰影，成了熱氣蒸騰的大玻璃魚缸。清晨，——尖口利舌愛吵鬧的六月的黎明，——我跑到田野上，我是一頭驢，拿我的冤苦張揚叫嚷，直叫得郊區的薩賓❸姑娘都跑來投入我的胸膛。

❶據查手稿，標題原爲「變形」，後刪去改爲「波頓」。波頓是莎士比亞《仲夏夜之夢》中的人物，因受魔法變形爲驢。這首詩寫三次變形。

❷指床邊鋪在地上的熊皮毯。

❸薩賓人當時居住在義大利中部地區。

H❶

任何畸形怪誕❷都有悖於奧爾唐斯的殘忍氣度。她的孤獨是情欲的機制，她的慵倦怠惰，是情愛的動力。在童年的監護下，她就已經是許多時代以來，眾多種族熱烈讚賞的衛生之道。她的大門向著災難敞開。因此，人的道德現在已告解體，轉化成她的情欲或她的行爲。——啊，在滿是鮮血的地面上，在煤氣燈的照明下，不很老練的愛情惴惴顫慄！找奧爾唐斯去。

❶即詩中所說的那個女人奧爾唐斯（Hortense）。

❷Monstre本義爲妖怪，做形容詞有可怕、畸形等義，做爲抽象名詞monstruosité，可譯爲畸形怪誕、極端殘酷可怕。

動盪

江流湧下一匹白絹在峭壁上震盪，
艉柱下捲起漩渦，
湧浪疾速傾下，
狂流一閃即逝，
兼有奇光閃閃
和變化生成的新奇
在山谷湧流和旋風中
將旅人裹挾而去。

他們是世界的征服者
探尋人那多變的機運；
行程中有安適也有競技；
他們在這條大船上
種族、階級、牲畜的培育術一起帶去。

洪水時代的光，
可怕的徹夜探索學習，
有暈眩也有休息。

航海設備中間的交談，——血；花卉，火，珠寶——
船行如此迅疾，數據也受到騷擾，
——他們探索設計的儲存由此可以看見——像航道
外長堤光怪陸離
翻轉滾動光照無邊無際；
從和諧的沈迷
和發現的壯舉追索前去。
出於大氣噪擾最驚人的偶然，
兩個青年隔絕在方舟上，
——古代蒙昧時代的孤獨可否體諒？
他們在守望，他們在歌唱。

虔敬之心

獻給沃林海姆的路易斯・瓦納安，我的修女：——她那頂圓錐形修女帽指向北海。——是爲死於海難之人。

獻給我的修女，阿什比的萊奧妮・奧布瓦。敬禮！——盛夏正在抽芽並散發臭氣的草。——是爲母親和孩子染上熱病。

獻給呂呂，——魔鬼——她依然對「女友」時期的禮拜聚會興致勃勃，她受的教育並不完善。是爲了一些男人！獻給某某某夫人。

獻給我過去的少年時代。獻給這個神聖的老傢伙，隱修士的居所或傳教士的駐地。

獻給窮苦人的思想。還獻給一位身居高位的教士。

同樣也獻給信仰，在那種紀念禮拜場所的信仰，以及根據一定時期的憧憬，或根據我們自己的嚴重罪惡，非屈從不可的那一類事件中的崇拜。

今晚，獻給屬於高大冰體的西爾瑟托，肥得像一條魚，紅得像長達十個月的紅夜，——（她的琥珀心和spunk），——這是爲我僅有的無聲的祈禱，如同這比北極的混沌還要強烈的夜的區域、英勇無畏的先例。不惜一切代價並且連同所有的空間，甚至在某些形而上學的旅程中。——但是現在一切都完了❶。

❶此詩於一八八六年發表，原稿今已不存。安托萬・阿達姆認爲全詩表現了某種出自內心的祈禱，超越空間指向不可知，但並非詩人自幼精神上受到沈重壓抑的那種宗教，因爲「現在一切都完了」，但依然需要一種「不惜一切代價」、「連同所有的空間」的信仰崇拜。第一節詩中，沃林海姆按詞源推斷，應處於佛蘭德、比利時或荷蘭地區。其中修女一般在醫院中擔任護士；路易斯・瓦納安似是佛蘭芒人，所以戴一頂指向北海的圓錐形帽子，有注釋者甚至推斷她是布魯塞爾聖約翰醫院的護士，一八七三年七月曾經照顧過被魏崙一槍打傷手腕的韓波。第二節，據說英國有十幾個地名叫阿什比，萊奧妮・奧布瓦卻是一個法國女人的姓名，這位奧布瓦也是修女兼護士。第三節中的呂呂，有人認爲暗示魏崙，又說這個女人所受的教育不完善，可能是指某一同性戀者，詩中提及「女友」時期，似與魏崙情詩集《女友》有關，所以詩中打發呂呂到男人那裏去，以醫治她的那種病。同一節末尾獻給某某某夫人，據稱可能屬於另一節，不應與呂呂相混。第六節紀念性的禮拜場所，據說是從英國人說的memorial place of worship而來，即教堂。倒數第二節中的西爾瑟托，注釋家查考無獲，但判定是一個女人；其中英文字spunk系安托萬・阿達姆所定，意爲火焰，暴躁易怒；一九四六年七星叢書全集本寫作 skunks，並注明一八八六年發表與一八九二年出書版本中寫作spunck或spunsk，不可解，故定爲skunks（臭鼬）；又，所謂高大冰體、夜的區域、極地的混沌，與這首詩前的其他詩作相對照，大體是指北極而言。

民主

「這面旗幟，與這種淫邪下流的風景十分相配，何況我們講的方言，也壓倒了鼓聲。

「在中間我們將提供最最無恥的叛賣。我們還要屠殺完全合乎邏輯的叛亂。

「對於淫穢、軟弱的國家，也行！——對於規模極大、極其可怕的工業開發或軍事擴張的服務，也有。

「在這裏，不論在什麼地方，再見。做爲懷抱一片赤誠自願的新手，我們有自己的殘酷哲學；對於科學，我們無所知，對於安逸，我們只有放縱；世界還在運轉，就讓它崩潰瓦解吧。這才是眞正的運行。前進，開路！[1]」

[1] 據安托萬・阿達姆分析，這是一位士兵在講話，並說一八七六年韓波曾參加荷蘭外籍軍團前往爪哇，這首詩與之有關。又說判定《彩畫集》全部詩作於一八七四年寫成是武斷的，以此表明這首詩與詩人一八七六年的爪哇之行不相牴觸。

守護神

他就是情愛和現時，既然他讓房屋向水沫淋漓的嚴冬和夏日的喧囂敞開，他還淨化了酒和食物，他，他就是各種場合消逝時呈現的那種魅力，以及在許多駐地出現的超凡快意。他就是情感和未來，力量和愛，這就是我們站立在憤怒和愁苦中，從布滿風暴的天空和沈迷的旗上所看到的。

他就是愛，完美的度量，重新發現的節律，不可預料的絕妙的理，他是永恆：受到鍾愛的人，資質已由命運決定的機器。他的特許以及我們的退讓，我們所有的人都對之感到驚恐惶怖：啊，我們的健康帶來的快樂，我們的官能的躁動，自私的情愛和因他而起的激情，他，他愛我們，他爲了他無限的生命在深深愛著我們……

我們叫他回到我們身邊來，可是他遠行在外……如果「崇拜」不復駐留，那就來吧，來，許諾就要降臨：「這種種迷信，這古老的肉體，家庭和人生，都去吧。已經沈落消失的是這個時代！」

他不會離去，他沒有走，他不會從天上走下來，贖回女人的憤怒和男人的歡樂，以及所有這一類罪惡，他將不會履行承擔的責任：因爲這是既成事實，他就是他，他依然被愛著。

啊，他吹出的氣息，他無數的頭顱，他的行程；形式與行爲之完美，這種完美所具有的那種可怕的速度。啊，精神的富饒和宇宙的無窮！

他的肉身！絕妙的形蛻，混有新的暴力的美雅的碎裂損滅！他之所見，他的視線！身後隨之而起的是古人的匍伏拜倒以及種種痛苦。

他的生命！就是從最強烈的樂曲中將激盪響亮的痛苦廢除。

他的足跡！比古代歷次入侵規模還大的遷徙。

啊，他和我們！驕傲，比已失去的仁慈更加寬厚的桀驁不馴。

人世啊！還有新出現的災禍，還有那明快的歌唱！

他認識我們所有的人，他愛我們所有的人。要知道，今夜，在這冬天的夜裏，從海岬到海岬，從洶湧澎湃的極地到城堡，從人群到海灘，從這些方位視角到另一些視角方位，力氣已告疲乏，情感已經厭倦，要拳起手來叫他，喊他，看他，再送走他，還要潛在潮汐之下，從雪原之上，追蹤他的視線，他的呼吸，他的肉體，他的生命。

《彩畫集》題解

Illuminations（《彩畫集》）第一次出現，見之於魏崙致夏爾・德・西弗裏❶（Charles de Sivry）的信中，據魏崙稱，Illuminations是一個英文語詞，意思是彩色版畫，韓波本人也曾以Painted Plates兩字做為這些詩作的副題；英國研究者對此則有不同看法，認為Illuminations做為英文並非彩畫之意；但既然詩人自己對這一詞做彩畫解，所以一般認為尊重詩人本意為是。

過去版本均將《彩畫集》排列在《地獄一季》之前，也就是說，這一組詩作寫於布魯塞爾事件（即韓波與魏崙爭吵）之前。近來，有一些版本編訂家有不同看法，將《彩畫集》放在《地獄一季》之後，因為《彩畫集》中各篇並非一律寫於《地獄一季》之前。

但究竟寫於何時，已無從查證，原手稿分別寫在一些不同紙張上，沒有編注頁碼，

❶魏崙的親戚（內兄）爲文學刊物的主編。夏爾・德・西弗裏原來是魏崙的朋友，一八六九年魏崙向西弗裏的同母異父妹妹瑪蒂爾德・莫泰求婚，一八七〇年八月十一日兩人正式結婚，夏爾・德・西弗裏從而成了魏崙的內兄。

將其收集在一起是何時、何種情況下均無從查考。一八七五年五月，魏崙寫信給德拉阿伊說，韓波要他把其所寫的散文詩寄交熱爾曼・努沃（Germain Nouveau），努沃當時在布魯塞爾，受託將之印刷出版。可注意的是，魏崙沒有說韓波曾將這些詩交託給他。事實上，詩是在魏崙手中，所以韓波才要求他把詩寄給努沃。而且魏崙在這裏沒有使用Illuminations這個字。人們可注意：如果這個以此為題的集子已經存在，並且在他手中，他一定會提到這個集子。根據現存在集子中的這些詩，不應認定一八八六年出版的集子在一八七五年便已組成一集。甚至可以說，細加考慮，情況肯定相反。熱爾曼・努沃受韓波之託把他的散文詩出版，那麼就應取得全部詩作。但是魏崙手中卻掌握了另外一些篇章，所以韓波才要求他把那些詩寄到布魯塞爾，以便將這個集子補齊。

三年之間（即一八七五年至一八七八年），是一個空白，證據和資料都缺失。直到一八七八年八月，Illuminations這個詞才在魏崙致夏爾・德・西弗裏信中出現。西弗裏曾把*Illuminations*借給魏崙，而魏崙對此原已知道，這時又重讀了。他發現其中有很動人的詩作，也有讓他感到砥觸的作品，他同意在十月將《彩畫集》寄出。

我們不知道韓波的這些散文詩形成一部作品後，又經過什麼轉折來到西弗裏手中。是魏崙使研究者走上歧途的。在一八七五年，魏崙說，這肯定是真實的，韓波曾經要求他把這些在他手中的散文詩轉給熱爾曼・努沃；十一年以後，在一八八六年，他說韓波在斯圖加特把《彩畫集》的手稿交託給「某一人來保管」。他並未說這個人就是他自己，而是謹慎地只讓人這樣理解，從此以後這個集子的歷史淵源就變得無法解釋了，因為誰也說不清手稿何以在一八七八年成了夏爾・德・西弗裏的私有物了。

面對這種困難情況，研究者設想韓波與西弗裏曾經在斯圖加特相遇，因而自此以後擁有《彩畫集》的那個神祕人物，就不是魏崙而是西弗裏了。但這一設想是沒有根據的，是不能成立的，布伊阿納・德・拉科斯特曾向西弗裏的女兒探詢，她的回答是，可以保證她的父親從來不曾去過德國：不論某些研究者怎麼不願意，這樣一個證據是規避不了的。

皮埃爾・珀蒂菲茲曾查明，從一八七五年至一八七八年，魏崙與努沃曾經會晤，另一方面，魏崙與西弗裏也會過面。一八七五年五月十日，魏崙與努沃曾在倫敦見面，魏崙曾跋涉三百五十公里去看他的朋友，可見他們會面是有重要理由的。一八七七年八月，努沃曾到阿臘斯（Arras，法國加來海峽省的城市，魏崙住在此）與魏崙住了幾天。

幾個星期之後，魏崙到了巴黎，又與他的內兄西弗裏建立關係。在這樣的接觸中，有理由推斷，韓波的散文詩已由努沃手中轉到魏崙的手中，後來又轉到西弗裏手中。努沃簡單地說曾轉與，甚至直接將《彩畫集》原稿交給西弗里，這一點如果確定，那麼所有困難不解之點也就消散不存在了。人們對於此二人在一八七五年末往來關係不斷，沒有給予足夠的注意。夏爾・德・西弗裏是《巴黎銅版畫》雜誌（Paris à l' Eau forte）發行人，與裏夏爾・萊斯科利德（Richard Lesclide）主持的銅版畫書店有密切關係。這個書店在當時是尼納・德・卡利阿斯社團（Groupe de Nina de Callias）的聚會地點之一，熱爾曼・努沃是這個社團的成員。努沃曾經和魏崙的內兄談起韓波的散文詩，並且將之送給他看，這是不難想像的。

所以一八七八年，韓波的詩是在西弗裏手中。他在八月間將詩稿借給魏崙，魏崙在九月底又還了給他。所以到一八八〇年魏崙出版《受詛咒的詩人集》（*Poètes maudits*）時，寫信給西弗裏，再次索要他所掌握的這些手稿以及其他詩稿。一八八一年一月二十八日，他在給西弗裏的信中說：「我一直在等著要這些詩，以及《彩畫集》。」但徒勞。在一八八三年十一月《受詛咒的詩人集》中，他惱怒地寫下這樣一句話：「一組瑰麗的詩篇，《彩畫集》，我們擔心，已告遺失。」（Une série de superbes fragments, les *Illuminations*, à tout jamais perdues, nous le craignons.）其實他並不擔心，而是企圖在了解情況的人眼中刺激一下，以引起注意，或者是有意刺一下西弗裏的別有用心。

一八八四年九月，魏崙委託萊奧・多爾菲爾（Léo d'Orfer）再一次向西弗裏索討他所需要的稿子。仍然不起作用。一八八六年居斯塔夫・卡恩（Gustave Kahn）向魏崙強烈要求取得韓波的原文，以便在《時式》雜誌上發表。這時魏崙又另找了一位朋友路易・勒卡爾多納爾（Louis le Cardonnel，也是西弗裏的朋友）設法。勒卡爾多納爾寫信給西弗裏，西弗裏於一八八六年三月十二日回信，說他無暇接待勒卡爾多納爾，不過手稿是在他那裏，他可以來取。

勒卡爾多納爾把原作拿到手卻不急於轉交魏崙，他也是太忙。居・卡恩等得不耐煩了。四月四日勒卡爾多納爾給他寫了一個短箋，說手稿放在勒卡爾多納爾的一個朋友路易・菲耶爾（Louis Fière）那裏，可以來拿。四月十一日，《時式》雜誌公告說下一期將刊出《彩畫集》。

就我們所了解到的這些可以肯定的事實，這樣一段漫長而頭緒混亂的故事經過，結果是，這部作品形成的理論，至今仍然是不得證實的假設。《彩畫集》做為一個集子，最後形成的時間若定在一八七五年，那就必須盲目地承認魏崙事後搞出來的含混不明的故事，即同年五月魏崙寫給德拉阿伊的信。我們既不知道熱爾曼・努沃手中所有的原件，也不知道魏崙寄給布魯塞爾的努沃的原件，更不知道一八七八年這個集子的形成，那時這個集子又是掌握在夏爾・德・西弗裏的手中。對於《彩畫集》原作文本的研究，不可能依靠有關手稿的寫作歷史的任何理論。

關於《彩畫集》原作文本

一、手稿

居・卡恩發表在《時式》雜誌上的《彩畫集》原稿，是由一卷紙組成的，「散頁的，沒有編頁碼」（feuilles volantes et sans pagination），這是當時受卡恩之託將原作編輯的費利克斯・費內翁（Félix Fénéon）對布伊阿納・德・拉科斯特說的。詩寫在不同的紙上，墨水的墨跡亦各不相同，可以推斷原作不是在同一段時間內書寫或抄錄的。同年《時式》又出版單行本，彙集發表計三十八首詩。

不久，又找到五首詩，於是構成《彩畫集》全數四十三首這個數字，新找到的五首是：〈Fairy〉、〈戰爭〉、〈守護神〉、〈青春一〉、〈大拍賣〉。一九一四年《法蘭西水星》(Mercure de France）上有一篇無署名的文章，說這五首詩來自夏爾德·西弗裏，是交給瓦尼埃（Vanier）在一八九五年出韓波全集的（萊奥·多爾菲爾與夏爾·格羅洛〔Charles Grolleau〕編）。

全集出版，原手稿陸續失散。其中三十三首手稿，後來全部歸屬於呂西安格羅克斯博士（Docteur Lucien-Graux）所有，現存國家圖書館。另六首列入皮埃爾·貝雷斯（Pierre Bérès）收藏；另一首屬蓋利奥博士（Docteur Guelliot）所有。其中〈虔敬之心〉與〈民主〉遺失不存。〈青春二，三，四〉原手稿不存，但複製品存於夏爾維爾韓波紀念館（le musée Rimbaud à Charleville）。

二、出版（版本）

《彩畫集》第一次發表在《時式》（一八八六年五至六月號）。其中僅包括當時所能得到的各篇作品，編排形式即為費利克斯·費內翁所定的順序。

同年（一八八六年），《彩畫集》又由《時式》出版社出單行本。各篇編排又有變化，因為既然費內翁在刊物上發表時可以那樣編排，出版單行本時，出版家也可以不顧韓波的本意另行編排而不受責備。

此後，一八九二年和一八九三年的版本，也是按一八八六年編的順序出版。

一八九五年瓦尼埃版韓波全集本中，《彩畫集》增加了五篇新找到的作品。

一九一二年，帕泰爾納・貝裏雄又一次改變了各詩的編排順序。

一九四九年，布伊阿納・德・拉科斯特為《法蘭西水星》出版社編了一本《彩畫集》評注本，除皮埃爾・貝雷斯所收藏的六首以外（當時還不可能見到），拉科斯特對手稿做了精細的考察研究，重加訂正。

一九五七年善本書社版，才將上述六首詩（即皮埃爾・貝雷斯所收藏的）按真本校訂發表。

三、詩的組成

如果德拉阿伊沒有騙我們，那麼就不應認為韓波原不曾打算在巴黎寫散文詩。如可信，那應是一八七一年春，甚至也許是一八七〇年十一月，韓波因受到波特萊爾散文詩的鼓動，也想一試。

後韓波來到巴黎，在他所接觸的文學家社團中，當時散文詩也是十分時興而流行的。魏崙、夏爾・克羅（Charles Cros）、福蘭都寫散文詩。當時有兩家雜誌《藝術家》（L'Artiste）以及後來的《文藝復興》（La Renaissance littéraire et artistique）都願意發表散文詩。

韓波肯定寫過這種短小的散文詩，這是已經得到證實的。到比利時之後，我們已知魏崙對韓波寫這種散文詩感到不安，魏崙曾將韓波寫的散文詩丟在尼科萊街（rue

Nicolet）住處，後來才又讓勒佩爾蒂埃（Lepelle tier）去找回。後來韓波還寫有這種詩篇，並將之交託給魏崙。魏崙在一八七三年五月曾寫信給韓波：「你不久就會拿到你的那些零星篇章。」人們不能斷言《彩畫集》中哪幾篇是在比這更早的時期寫的。但是，也沒有人能夠肯定早於一八七三年的詩作一篇也沒有。長期以來批評界一直認為《彩畫集》寫於《地獄一季》之前，今天批評界卻認為《彩畫集》全部寫於布魯塞爾事件之後，即一八七三年七月至一八七五年二月。根據是魏崙的一句話，這句話一直沒有引起重視。魏崙在他一八八六年寫的《〈彩畫集〉序言》中說：「我們向讀者獻出的這本書，寫於一八七三年至一八七五年間。」史家在當今從中得到的言之成理的結論，比起過去的說法，可爭議處也許並不見得比較少。

魏崙所提出的寫作時間，與許多事實所建立的時間相符合，這是確定不移的。如〈海角〉（*Promontoire*）一詩必是韓波於一八七四年斯卡巴勒（Scarborough，英國英格蘭北部城市，在北約克郡）之行以後寫的。昂德伍德（Underwood）已經查證《彩畫集》中有許多很有特點的英語外來語或英語表達方式，說明韓波對英語已具備相當的知識，而在一八七二年他還對英語知之甚少。還有一個事實是，有些人認為，《彩畫集》原稿中有許多段落出自熱爾曼・努沃的手跡，這當然不能對詩作本身有什麼證明，但它能更好地說明這兩個年輕人在一起時，《彩畫集》中某幾首詩是在這時寫的。

如果由這樣一些事實確定舊的編排系統是難以成立的，並證明韓波在布魯塞爾事件後還繼續寫散文詩，那麼，同時也不能排除在布魯塞爾事件之前，在巴黎和倫敦他也可能寫散文詩。同樣也不能排除這樣的假定：即有一小部分詩作，可能是後來才納入這個集子的，或者是韓波將先前的舊作加一些修改，也歸入此集。對於這個集子我們缺乏所知，因此無法對這些詩的構成日期提出系統的觀點。

片斷與殘稿

愛的沙漠

致讀者

這裏的文字係出自一位青年，年輕「人」的手筆，他生長於何處不知，不論何處都行；沒有生身之母，也沒有家鄉故土，人所知的一切他全無所計慮，任何道德力量他都遠避，就像許多可悲的青年人曾經做過的那樣。不過，他，他是這般煩惱苦悶，這樣困擾惑亂，以致只有走向死亡這一條路，正像陷入那種可怕的致命的羞恥心一樣。因爲不曾愛過女人，——儘管血氣充溢！——他也畢竟有他的靈魂和他的心，他的全部力量，他是在奇異可悲的謬誤中成長起來的。夢幻於是接踵而至，——他的愛情！——來到他的眠床之上，來到街頭，而且接連不斷，又各有結局，甘美寧靜的宗教敬畏之情由此滋生——或許人們還記得傳說中伊斯蘭教信徒持續不斷的睡眠，——而他是勇敢的，還受過割禮！但是，這種奇異的痛苦有一種令人不安的威力，因此應該竭誠祝願我們中間這個迷途的靈魂，這個一心求死的人，應該此時此刻就獲得應得的莊嚴慰藉！

愛的沙漠

一點也沒錯，是那裏的鄉野。是我家父母鄉村的居舍：是那個客堂間，大門的上方是焦黃的羊角，還掛著兵器和雄獅盾牌。晚餐，專有沙龍一間，裏面點著蠟燭，擺著酒，還有鄉下的細木護壁板。餐桌非常之大。還有女僕！有那麼多，我記也記不清。——還有我的一位舊友，是教士，一身教士穿著，現在：那是爲了更加自由一些。我還記得他那間紫紅色的居室，窗上糊著黃紙；還有他的書籍，深藏密斂不使人知，早已拋到大洋裏泡爛了。

我呢，我是被遺棄的沒人理，這鄉野無邊無際，就關在這房屋裏：在廚房裏看書，在家主面前弄乾我衣上的泥，坐在客廳裏閒談漫語：上個世紀一早一晚擠牛奶喃喃低語，讓我感到激動，激動得要死。

我這是在一間很暗很暗的房間：我在幹什麼？一個女僕走近身邊：我可以說這是一隻小狗❶：她雖說生得嬌美，還有一種我說也說不清的母親的那種高貴：純潔、知心，多麼迷人！她緊緊攥住我一隻手臂。

她的面貌我甚至全都忘記：那不是讓我記住她那令人難忘的手臂，我一雙手指捏著她臂上的肌膚揉來搓去：也不是她的嘴，好比我的嘴噙住一次小小的朦朧的模模糊糊的失望，是有一件什麼東西不停毀去。我把她推倒在靠墊和船上帆布堆成的籮筐裏，在牆角暗處。只記得她帶白花邊的襯褲，其他都已忘記，記也記不起。——後來，絕望啊，

❶據安托萬·阿達姆分析，大家在《言語煉金術》中就已讀到：「一個存在著的人，我認爲應該給予他多種其他的生活。這位先生所做所爲如此，他並不自知：他可以算是一位天使。這類家庭其實是一窩狗。」

隔板模模糊糊變成了樹下陰影，我沈陷在黑夜情愛的悲哀之下銷毀不繼。

這一次，是在城裏見到的「女人」，我和她說了話，她和我也說了話。

我這是在一處不見光的房間。有人告訴我說她來到我這裏：我在我的床上見到她，完全屬於我，不見一線光！我非常震動，大爲激動，因爲這是在我家族的家宅裏：焦急兼痛苦！我穿得破破爛爛，我，可是她，上等社會衣裝，她自願委身；她該給我滾！無名的痛苦，我把她抱住，她跌下床去，幾乎身裸體露；無法說的軟弱無能，我也跌落在她身上，黑暗中我拖帶她在地毯上滾。家裏的燈在隔壁房間一間間變得紅光閃閃。女人這時消隱不見。我哭出的淚水，上帝要我流的也沒有這麼多。

我走出家門去城裏，沒有目的。疲憊啊！我湮沒在沈沈無聲的夜和幸福遺失之中。這就像冬夜，一場大雪必定悶死了世界。朋友我向你們呼救：她在哪裏，朋友的回答都是虛假。我來到她每天夜晚都要來的玻璃門前；我在沈陷地下的花園中匆匆奔走。人家把我斥退，把我趕走。對這一切，我只有號啕大哭。最後，我還是往下走，走到一個充滿灰塵的去處，我坐在木架上，我讓身體裏所有的淚水連同這一夜傾瀉一盡。——我的衰竭由此永遠滯留不去。

我明知她有她每天的生活；我理解善意的周期將比一顆恆星行程遙遠。她沒有再臨，將永遠不會再來臨，我崇拜的女人，她畢竟曾經來過，——這我自始就不曾料到。——眞是，這一次，我哭得比全世界所有小孩的哭泣還要多。

〈愛的沙漠〉題解

韓波的朋友德拉阿伊在其所著《韓波，藝術家與有德之人》（*Delahaye: Rimbaud, l'artiste et l'être moral*, Messein, 1923）中寫道：「在這一年春季（一八七一年），還應提及韓波在文學創作中著手的一種樣式，這種文學樣式後來他進一步推進，更有發展。閱讀波特萊爾促使他也試圖寫『散文詩』。他寫了題名叫做〈愛的沙漠〉的開頭。」德拉阿伊接下去說，他在一九〇六年收到喬治莫爾韋爾（Georges Maurevert）上述散文詩的手抄文本，即轉交給《巴黎與香檳文學雜誌》的主編，一九〇六年在雜誌上首次發表。這便是至今人們所知有關〈愛的沙漠〉寫作背景的唯一依據。德拉阿伊明確指出此詩寫於一八七一年；韓波研究專家布伊阿納・德・拉科斯特則認為寫作時間應是一八七二年；由於詩中某些字句帶有宗教色彩，又有人認為應寫於一八七三年。寫作時間無法確定。

直到一九五六年，包括七星叢書韓波全集一九四六年版，除〈致讀者〉外，兩段詩文前後排列均與一九七二年安托萬・阿達姆編注的七星叢書韓波全集本不同。據說，原手抄本正反兩面各占一面並均有標題，而兩段詩文寫的是兩次夢境，自成一體，不是前後相續的關係。今按安托萬・阿達姆全集本排列。

福音散文

在撒瑪利亞，許多人都表示對他是信的。他並沒有見過他們。撒瑪利亞成了暴發戶（背信棄義），自私自利，（引以自豪），對新教戒律法規遵守之嚴，超過猶太對古代律法的遵從。在那裏，普遍的富有不允許出現那種見解高明的爭論。在那裏，花言巧語的詭辯把他們（照例是奴隸和士兵）欺瞞哄騙，隨後又將爲數眾多的先知趕盡殺絕。

這是不祥之言，也就是泉水邊那個女人說的那句話：「你是先知，你知道我以往做過什麼事。」

男女人等過去本來都相信先知。現在人們只相信政治家。

距這異邦城市不過兩步之遙，他若是被當做先知，事實上於他也不會有什麼危害，可是他在這裏出現竟顯得如此古怪異常，他究竟要幹什麼？

耶穌對撒瑪利亞無話可說，不可能說什麼。

加利利地方空氣清新宜人，居民懷著欣喜好奇之情接待他，他們曾親眼見到他爲神聖的憤怒所震動，用鞭子打了聖殿中兌換銀錢的商人和賣牛羊鴿子的人。這眞是面無血色憤懣生怒的青春的奇蹟，他們對此都深信不疑。

他感到他的手讓許多戴著指環的手拉著，還有一位大臣用口唇吻了他的手。那位大臣倒身跪在塵埃之上，他的腦袋雖說已經半禿，但是甚爲可愛。

車輛（在城裏）狹窄街道上往來如梭；對這個城鎮來說，人馬如此繁忙動盪顯得相當過分；這天夜晚，想必一切都是令人滿意的。

耶穌縮回他的手：他這一動作有著孩子和女性那樣的一種自尊自重：「你們啊，你們沒有看見神蹟奇事，你們總是不信。」

耶穌這時還不曾做出奇蹟。他在一次婚禮上，在一間掛紅綴綠的餐廳裏，曾經聲音略略提高，同聖母講過話。可是，關於迦拿的酒，不論是在迦百農，在市場上，還是在河岸碼頭上，都沒有人談起過。也許鎮上有錢的人談過這件事。

於是耶穌說：「回去吧，你的兒子活了。」大臣立身起來，走了，好像身上帶著什麼分量也不重的藥品走了，耶穌繼續在少有行人的街道上穿行走去。（開黃花的）旋花植物，還有琉璃苣，在鋪路石縫隙間放出新奇的光彩。最後，他望著遠處散滿塵土的草原，草原上有金黃的花蕾，有小雛菊，正在向白晝祈求恩寵。

畢士大，近旁列有五條迴廊的水池，本是煩惱的一個集中地點。它彷彿是一個陰森不吉的洗衣池，常有雨水灌注，烏黑骯髒，陰慘慘的；乞丐成群，在內側石階上焦躁不安地走動，——地獄的雷火，暴風雨的先兆，把大石階照得一片慘白，在乞丐瞎了的藍眼睛上，在纏裹著他們殘肢斷臂的藍白破布上，電光在那上面閃耀嬉戲。啊，這就是軍隊的洗澡房，老百姓的洗身池。池水永遠是烏黑的，殘廢人做夢也不願到水中去浸洗。

耶穌就在這裏爲那些污穢可憎的殘廢人第一次採取了重大行動。有一天，那是在二月，三月，或者是在四月，下午兩點時分，太陽射出一道大鐮刀形的光芒，鋪展在這沈陷的水面上。我因爲在這些殘廢人身後遠處，親眼看到這特有的光芒從樹上的芽苞、晶石、蠕蟲喚起的一切，在這反光照耀下，那反光猶如一位白衣天使側身而臥，我看見一片淡淡的白影在那裏不停地搖曳晃動。

所有的罪惡，魔鬼那纖弱又固執的後代，竟使這些人變得比惡鬼還要可怕，這是就敏感的心靈而言，他們也願意躍入水中洗一洗。殘廢人跳下水去，這不是開玩笑；是一心要去的。

據說，先下水的人走出來百病盡除。但是，不，不是。罪惡又把他們拋回到石階上，強使他們另尋去處：因爲他們的「魔鬼」在不能確保有施捨的地方是不會留下的。

正午時分一過，耶穌立即下水。沒有人會那麼傻也跟著他下去。陽光照進水池，泛出像葡萄園最後枯落的葉片那樣的焦黃色。神的聖者倚著石柱在那裏站身：舉目注視那些「罪惡」之子；魔鬼伸出他的舌頭化做他們的舌頭；對著人世哈哈大笑，或矢口否認。

那個「瘋癱人」原是側身躺在地上的，這時突然站立起來，他們，被罰下地獄的「罪人」，他們眼看著他邁出非同尋常的堅定腳步，穿過迴廊，走進城去，不見了。

〈福音散文〉題解

福音散文三節並不是韓波擬定的題目，因說福音書耶穌行奇蹟事，故名。第一節「撒瑪利亞」與第二節「加利利」原手稿是寫在《地獄一季》第一部分〈壞血統〉草稿紙張背面，第三節「畢士大」寫在《地獄一季》第二部分草稿〈假皈依〉（後改為〈地獄之夜〉）紙張背面。《地獄一季》寫於一八七三年，詩人將《地獄一季》修訂重抄送出排印，草稿留下，因此福音散文三節原手稿得以保存下來，並可斷定也是在一八七三年與《地獄一季》同一時期寫成。據韓波研究學者皮埃爾・珀蒂菲茲證明，這三節福音散文是在計劃寫《地獄一季》前寫成的，故寫作日期應定在一八七三年三月之前。這三節散文原手稿字跡難以辨認，多有塗改，當今版本中確定的文本係由布伊阿納・德・拉科斯特訂正，保羅・哈特曼（Paul Hartmann）在他的善本書社版本中又加改善而成定本。

這三節手稿原屬魏崙所掌有。後魏崙曾將韓波手稿交託給他的朋友卡紮爾（Casals），以期將之轉交瓦尼埃；韓波全集最早即由瓦尼埃出版，但這三節散文當時並未收入。其中第三節「畢士大」經帕泰爾納・貝裏雄於一八七九年九月一日一期《白封面雜誌》發表。另兩節由H・馬塔拉索（H. Matarasso）和布伊阿納・德・拉科斯特於一九四八年一月一日在《法蘭西水星》雜誌上刊出。長期以來，人們對原稿上畢士大一詞誤讀做「這一季節」，因而認為這一節文字是《地獄一季》引言，這一誤解是由布伊阿納・德拉科斯特糾正的。「畢士大」一節在一九四六年七星叢書版全集中列為《彩畫集》最後一篇，一九七二年七星叢書新版全集已予改正，另列為〈福音散文〉。

撒瑪利亞、加利利均為今巴勒斯坦地區古代地名、城市名，畢士大在加利利，耶穌本為加利利人。第一節中說撒瑪利亞信奉新教，這是有意利用時代錯誤暗指十九世紀工業資本主義英國，詩中「背信棄義」一詞，似出於法國指稱英國的慣用語 la perfide albion，可以為證。泉水邊的女人事見〈約翰福音〉第四章，說耶穌去加利利經過撒瑪利亞，「於是到了撒瑪利亞的一座城，名叫敘加，靠近雅各給他兒子約瑟的那塊地。在那裏有雅各井。耶穌因走路困乏，就坐在井旁。那時約有午正。有一個撒瑪利亞的婦人來打水。耶穌對她說：『請你給我水喝。』那時門徒進城買食物去了。撒瑪利亞的婦人對他說：『你既是猶太人，怎麼向我一個撒瑪利亞婦人要水喝呢？』原來猶太人和撒瑪利亞人沒有來往。耶穌回答說：『你若知道神的恩賜，和對你說給我水喝的是誰，你必早求他，他也必早給了你活水。』婦人說：『先生，沒有打水的器具，井又深，你從哪裏得活水呢？我們的祖宗雅各，將這井留給我們，他自己和兒子並牲畜也都喝這井裏的水，難道你比他還大麼？』耶穌回答說：『凡喝這水的，還要再渴；人若喝我所賜的水，就永遠不渴。我所賜的水，要在他裏頭成為泉源，直湧到永生。』婦人說：『先生，請把這水賜給我，叫我不渴，也不用來這麼遠打水。』耶穌說：『你去叫你丈夫也到這裏來。』婦人說：『我沒有丈夫。』耶穌說：『你說沒有丈夫是不錯的。你已經有五個丈夫，你現在有的並不是你的丈夫，你這話是真的。』婦人說：『先生，我看出你是先知……』」

關於第二節，見〈約翰福音〉第二章：「在加利利的迦拿有娶親筵席。耶穌的母親在那裏，耶穌和他的門徒也被請去赴席。酒用盡了，耶穌的母親對他說：『他們沒有酒了。』耶穌說：『母親，我與你有什麼相干，我的時候還沒有到。』他母親對佣人說：『他告訴你們什麼，你們就做什麼。』照猶太人潔淨的規矩，有六口石缸擺在那裏，每口可以盛兩三桶水。耶穌對佣人說：『把缸倒滿了水。』他們就倒滿了，直到缸口。耶穌又說：『現在可以舀出來，送給管筵席的。』他們就送了去。管筵席的嚐了那水變的酒，並不知道是哪裏來的，只有舀水的佣人知道。管筵席的便叫新郎來，對他說：『人都是先擺上好酒，等客喝足了，才擺上次的，你倒把好酒留到如今！』這是耶穌所行的頭一件神蹟，是在加利利的迦拿行的，顯出他的榮耀來，他的門徒就信他了。……猶太人的逾越節近了，耶穌就上耶路撒冷去。看見殿裏有賣牛、羊、鴿子的，並有兌換銀錢的人，坐在那裏。耶穌就拿繩子做成鞭子，把牛羊都趕出殿去，倒出兌換銀錢之人的銀錢，推翻他們的桌子。又對賣鴿子的說：『把這些東西拿去！不要將我父的殿當做買賣的地方。』他的門徒就想起經上記著說：『我為你的殿心裏焦急，如同火燒。』因此猶太人問他說：『你既做這些事，還顯什麼神蹟給我們看呢？』耶穌回答說：『你們拆毀這殿，我三日內要再建立起來。』猶太人便說：『這殿是四十六年才造成的，你三日內就再建立起來嗎？』但耶穌這話是以他的身體為殿。所以到他從死裏復活以後，門徒就想起他說過這話，便信了聖經和耶穌所說的。……」又見第四章：「耶穌又到了加利利的迦拿，就是他從前變水為酒的地方。有一個大臣，他的兒子在迦百農患病。他聽見耶穌從猶太到了加利利，就來見他，求他去醫治他的兒子，因為他兒子快要死了。耶穌就對他說：『若不看見神蹟奇事，你們總是不信。』那大臣說：『先生，求你趁著我的孩子還沒有死就下去。』耶穌對他說：『回去吧，你的兒子活了。』那人信耶穌所說的話，就回去了。正下去的時候，他的僕人迎見他，說他的兒子活了。他就問什麼時候見好的。他們說：『昨日未時熱就退了。』他便知道這正是耶穌對他說『你兒子活了』的時候；他自己和全家都信了。這是耶穌在加利利行的第二件神蹟，是他從猶太回去以後行的。」

關於最後一節畢士大，見〈約翰福音〉第五章：「……在耶路撒冷，靠近羊門有一個池子，希伯萊話叫做畢士大，旁邊有五個廊子。裏面躺著瞎眼的、瘸腿的、血氣枯乾的許多病人。在那裏有一個人，病了三十八年。耶穌看見他躺著，知道他病了許久，就問他說：『你要痊癒嗎？』病人回答說：『先生，水動的時候，沒有人把我放在池子裏；我正去的時候，就有別人比我先下去。』耶穌對他說：『起來，拿你的褥子走吧。』那人立刻痊癒，就拿起褥子來走了……」

通靈者書信二一封

韓波致喬治・伊藏巴爾❶

一八七一年五月（十三）日，夏爾維爾

親愛的先生！

您如今再度是教授了。人對社會是負有義務的，您曾經這樣對我講過；您已經進入教師行列：您現在是走上坦途正道了。——我也一樣，我堅持我的原則：我自己仍然犬儒主義地依然故我。我要把學校那批蠢材校友都發掘出來：一切我能想出的愚蠢、污穢、惡劣，不論是在行爲方面還是在言談方面，都歸在他們名下：讓他們拿啤酒和葡萄酒❷來報答我吧。Stat mater dolorosa, dum pendet fillus,——我對社會負有義務，這是公正的；——我是正確有理的。——您也是如此，以今日來說，您也是正確有理的。實質

❶韓波一八六五年進入故鄉的夏爾維爾中學，一八七〇年升入修辭班，與修辭班教師喬治・伊藏巴爾（Georges Izambard）結成深切友誼，有些方面受到他的影響，一八七〇年至一八七一年他兩度離家出走，都與這位老師有聯繫。

❷葡萄酒（原文filles，本意爲姑娘），詩人故鄉阿登地區習語，意爲大杯（大啤酒杯容量）的葡萄酒，而法國羅亞爾河流域的習語，意指小瓶（容量爲普通酒瓶的一半）葡萄酒。

上，您之所見，按照您的原則，只有主觀的詩：您頑強奪回大學那個餵牲口的飼料槽就證明了這一點。——請原諒！您畢竟永遠是一個無所爲也不想有所爲的心滿意足的人。您的主觀的詩永遠是極其枯燥無味的東西，這一條還沒有包括在內。我希望有一天，——許多人同樣期待著這種東西，——我在您的原則範圍內也看到客觀的詩❸，我對待這種詩比您要眞誠！——我將是一個辛勤的工人：當瘋狂的憤怒將我推向巴黎的戰鬥，也正是這樣的思想在吸引我，——可是，我提筆給您寫這封信之時，有多少工人在巴黎戰死❹！現在，工作，不行，不幹；我罷工了。

現在，我要盡最大可能使自己狂放無忌。爲什麼？我要當一個詩人，並且努力使我成爲通靈者❺：您根本不會理解，我幾乎無法對您解釋明白。此事涉及如何打亂一切感

---

❸關於客觀的詩，參見下文：「我是一個他人」。詩人在這裏將客觀的詩與主觀的詩相對比。

❹指巴黎公社起義工人群眾。韓波一八七〇年兩度出走不成，返回故鄉（是時正當普法戰爭，他的故鄉此時已處在普魯士的炮火之下），曾在夏爾維爾市立圖書館大量閱讀蒲魯東、聖西門、巴貝夫的社會主義著作、十八世紀小說、有關神祕主義的書籍等，同時開拓詩的新領域，寫有許多詩作。一八七一年二月二十五日韓波第三次在巴黎公社街壘戰時期出走巴黎。他在巴黎街頭，忍飢挨餓，無所投奔，有半個月之久，曾一度參加巴黎公社起義軍，後又離開巴黎，步行返回夏爾維爾。回來以後，曾起草一份《共產主義政體計畫》（*Projet de constitution communise*），此文件今已不存，當時曾給他的朋友德拉阿伊讀過。其後，便寫出此處所附的致伊藏巴爾、德莫尼的兩封著名書信，史稱「通靈者書信」。

❺通靈者（Voyant），次一級的先知。

覺意識，以達到不可知❻。這樣的痛苦是駭人聽聞的，但必須做一個強者，必須是天生的詩人，我認爲我是詩人。這絕不是我的錯誤。說我在思考，那是假的。應該說：人們在思考我。——文字遊戲，請原諒。❼

「我」是一個他人。木材自認是提琴，那有什麼辦法，頭腦簡單的人，他們對他們完全無知之事妄自吹毛求疵，活該！

對我來說，您不是教育者。下面是我送給您的一首詩：也許，按照您的說法，可能是屬於諷刺詩之類？是不是詩？出自奇想，一向如此。——但是，我請求您，既不要拿鉛筆在字下畫出重點線，也不要費心多去想它：

被處決的心❽

我的悲傷的心在船艉後噁心嘔吐

……………………

❻不可知（l'inconnu）：也是波特萊爾詩中的一個重要觀念。

❼韓波寫到這裏收筆。有關這一段所述，見兩天之後另一封致保羅·德莫尼的信。

❽〈被處決的心〉（*Le cœur supplocié*）。寫於一八七一年五月，七星叢書一九四六年版全集收有此詩，題爲〈被掏去的心〉（*Le cœur volé*）。每行十音步，每節八行，全詩三節共二十四行，abaaabab韻。

本意這並不是什麼也不說。——回信寄：德韋裏埃爾先生❾轉A・韓。

衷心地問候。

A・韓波

杜埃（諾爾省）

德・拉貝伊—代—尚路二十七號

喬治・伊藏巴爾先生收

❾德韋裏埃爾是韓波的小學教師。

韓波致保羅．德莫尼❶

一八七一年五月十五日，夏爾維爾

我決定給您上一小時的新文學課。我從一首有現時性的詩篇開始：

巴黎戰歌❷

春天已舉目可見，因……………………

A．韓波

——以下是論述詩之未來的散文之作：

❶保羅．德莫尼（Paul Demeny），詩人，喬治．伊藏巴爾的朋友，也是韓波的朋友。

❷〈巴黎戰歌〉寫於一八七一年。所謂有現時性詩篇，意指一八七一年所寫有關詩作（包括散文詩），一方面與巴黎公社時期經歷有關，另一方面表明詩人在這一時期所寫的詩與他關於詩的新觀念有關。

古代的詩發展到希臘詩已告完成，即和諧生活的時代。——從希臘發展到浪漫主義運動，——中世紀，——內有文人之作，也有蹩腳詩家的作品。從恩尼烏斯❸泰羅爾圖斯❹，從泰羅爾圖斯到卡齊米爾・德拉維涅❺，他們的詩作無非是押韻的散文，一種文字遊戲，是許多世代以來蠢材萎靡不振的表現及其應得的榮譽：其中拉辛可說是完美的，強有力的，偉大的❻。——據說有人曾對他的詩韻提出建議，對他詩句中間的停頓處理做過修改，這位神聖的蠢貨直至今日仍然不知其事，就像最早的《起源》的作者❼一樣。——拉辛之後，這種文字遊戲已無人過問。這種文字遊戲整整延續了兩千年。

這絕不是戲言，也不是反論。理性使我更爲確信，法國青年一代對這一問題從來不曾有過激憤不滿。其實對於新人來說，厭棄古人完全是自由的：因爲人們生活在自己的國家，時間總是有的，充裕的。

對於浪漫主義，一直沒有應有的評價。誰來評價？批評家！由浪漫派嗎？浪漫派已

---

❸恩尼烏斯（Ennius，約239B.C.—169B.C.），古羅馬詩人。

❹泰羅爾圖斯（Theroldus），法國十世紀武功歌《羅蘭之歌》後署名泰羅爾圖斯，其人生平不詳。

❺卡齊米爾・德拉維涅（Casimir Delavigne,1793-1843），法國詩人。

❻此處說拉辛完美、有力、偉大，是仿照當時法國文學教育對拉辛的一貫稱頌，在韓波看來，拉辛是一個「神聖的蠢貨」（le divin sot）。

❼或指古羅馬執政官大加圖（234B.C.—149B.C.）留傳的羅馬史書《起源》（今僅存殘篇片斷）。此處本意泛指一般的平庸之作。

經證明歌往往算不上是作品，這就是說，那僅僅是歌者唱出自己理解的思想而已。

因爲，「我」是他人，另一個人❽。如果銅發覺自身是銅管號，它一點也沒有錯。我看這是十分明顯的：我參與我的思想的誕生展現：我看到它，我聽到它：我舉起琴弓觸動琴弦：和音交響於是在各種不同深度上形成它的震顫，或一躍而展現於外。

如果那批老混蛋在「自我」上所建無他，只是虛假的意義，我們也毋需去掃除那億萬具骷髗枯骨，自無限久遠的時間以來，他們盲目的智力產品不知累積有多少，同時還不停地在爲作者鳴冤叫屈！

我說過，在希臘，詩與豎琴調節動作❾，給動作以節奏。後來，音樂和韻律成爲消遣遊戲的方式。考察過去的情況，常引起人們發生新奇感，於是許多人對恢復古代種種作法引以爲樂事：——這當然是就他們而言❿。具有普遍性的智慧在正常情況下，一向是將它的思想向四外發散的；人將一部分頭腦的產物收集起來；依此行事，循例寫出書來：事物的進展無不是如此，人是不肯費心思索的，因爲他還沒有覺醒，或者說，沒有達到偉大夢想的全盛時期。只有一些官吏、職員，作家：作者，創造者，詩人，這樣的

❽波特萊爾在《人工的天堂》中曾講到，人在普通的生命中，自身消失並融合於其中；在某種沈醉狀態之下，「觀照外在物件使我們忘卻自身的存在」。此處所說的我是他人，即有上述之意，近似物我合一。此處之「我」既非浪漫主義的「我」，也不是笛卡兒「我思故我在」的「我」。與非個人化的說法或有相關。

❾當時有一種觀點，認爲詩就是行爲動作，詩即行動。

❿當時這種復古傾向，詩人勒貢特・德・利爾（1818-1894）可爲代表。

人，從來就不存在！

一個人立意要當一個詩人，首先必須研究關於他自己的全面知識；應該探索他的靈魂，審視它，考驗它，引導它。他一經了解他的靈魂，就應該加以培育。要在頭腦裏完成一種自然的發展，這看來似乎很簡單；有多少利己主義者自稱是作者；有多少屬於另一品類的人又將他們的智力進步歸功於他們自己！——但是，問題在於如何使心靈發揮到極致，甚至使它變得可怕：孔普拉希科⓫之類就是榜樣，事情就是這樣！請設想那樣一個人，他把許多疣移植到臉上並加以培植。

我說：必須成爲通靈者，必須使自己成爲通靈者⓬。

詩人⓭通過長期、廣泛、經過推理思考的過程，打亂所有的感覺意識，使自己成爲通靈者。包括一切形式的愛、痛苦、瘋狂；他親自去尋找自身，他在他自身排盡一切毒素，以求保留精髓。在不可言喻的痛苦的折磨下，他要保持全部信念，全部超越於人的力量，他要成爲一切人之中偉大的病人，偉大的罪人，偉大的被詛咒的人，——無比崇高的博學的科學家！——因爲他要深入到不可知！他培育他的心靈，使之豐滿富足，比任何人都要豐滿富足！他進入不可知的境界，這時，他在迷狂狀態下，失去對他所見景象的理解力，眞正有所見，眞正看到他的幻象！就讓他在這些聞所未聞、無可言狀的事

⓫孔普拉希科，雨果《笑面人》（1869）中的人物，拐騙幼童，加以毀形，使成爲怪物。

⓬詩人必須是通靈者這一思想，原出自德國浪漫主義，但在韓波，實質有所不同。

⓭詩人原文爲大寫，Poète。

物中翻騰跳踉以至死去：另一類可怕的工人將要到來；他們將從這個人沈陷消亡的地平線上開始起步！

——停六分鐘後再繼續——

這裏，我在正文之外插入第二詩篇：且請聽取，——人人都會喜歡的。——我提起琴弓，開始：

我的情人⓮

從珠淚提煉來的香露洗滌……………………

A・韓波

就是這樣一首詩。請注意，如果我不怕讓您破費六十個銅錢，——我這個擔驚受怕的窮人，七個月以來，一文不名！——我還可以拿出我的一百餘行六音步詩〈巴黎情

⓮〈我的情人〉（*Mes petites amoureuses*），寫於一八七一年，每節四行，一、三行八音步，二、四行四音步，abab，cdcd韻式，共十二節四十八行。

人〉，先生，我還有兩百行六音步詩〈巴黎之死〉⓯！

我繼續往下說：

所以，詩人，確實是竊火者。

他背負著全人類，甚至包括動物；他必須讓人感覺到、觸摸到、聽到他的創造；如果那是他從彼岸帶回來的，有形式，就賦予形式；如果是不定形的，就出以不定形。還要找到一種語言。

——而且，正因為語言就是觀念，所以使用一種普遍語言的時間必將到來！把一部語言辭典編得完善，不論是什麼語言，就必須有那樣一位學院院士——與其說他是僵死的化石，不如說是死人。某些次等人物於是去思考字母表上的第一個字母，這批人可能很快便陷入癲狂！——

這種語言，綜合了芳香、音響、色彩，概括一切，可以把思想與思想連結起來，又引出思想，這種語言將使心靈與心靈呼應相通。詩人對於不可知顯現於普遍心靈適時地給以定量：詩人一定可以提供更多的東西——超越於他的思想模式，超過他走向進步的評價性紀錄！不正常狀態轉而成為正常狀態，人人都可適應並納於其中，他必是文明進步的乘數！

⓯韓波在一八七一年巴黎公社起義時期，寫了為數可觀、不同於一般的新詩，但這裏所說的兩首詩迄今未曾見，或實際上不曾寫出。

您看：這樣的未來肯定是唯物主義的⓰。這種詩永遠充滿著「數」與「和諧」，這些詩寫出來就是爲了傳之於後世。——實質上，這仍然有些近於希臘「詩」。

永恆的藝術原有其自身的功能，正如詩人都是公民一樣。「詩」在將來不再規範行動，詩將領先走在前面。

詩人必是如此！女人無止期的被奴役狀態一旦粉碎，一經生存自爲自立，男人，——至今還是這樣可惡，——給她以解脫，女人也將是詩人⓱！女人必將找到那不可知！她的觀念世界是不是與我們的觀念世界有所不同？——她發現奇異的、不可測度的、再生的、美妙的事物；我們將接受這一切，我們也將理解這一切。

在此之前，讓我們先向詩人要求「新」，——觀念和形式的新。所有的能手都自以爲很快就能滿足這樣的要求。——遠非如此！

最早出現的浪漫派是不自覺的通靈者：他們的心靈得到教養係出自偶然：尚未熄滅而已廢棄的火車頭，也可在軌道上開動一時。——拉馬丁有時也可算是通靈者，但他被舊的形式扼殺了。——雨果，極爲頑強，他最近幾部作品沒什麼新意：《悲慘世界》是一首眞正的詩。我手邊還有他的《懲罰集》；《斯泰拉》⓲大致可以顯示出雨果的視野。過多的貝爾蒙泰、過多的拉莫內、耶和華和圓柱，陳腐不堪的荒謬可笑充斥其間。

⓰此處所謂唯物主義，不限於無神論；唯物主義的未來，意指精神與物質融合協調的理想時代。

⓱此處已注意到眞正的女權問題。至十九世紀七〇年代，女詩人、女作家早已出現，如喬治·桑，可爲一例。

對於我們飽嘗痛苦、抱有理想的幾代人來說，繆塞更是百倍地可厭——他那種天使般的懶散更是令人反感！啊！他的故事和小喜劇，不堪卒讀，味同嚼蠟！什麼〈夜歌〉！〈羅拉〉、〈納穆娜〉、〈酒杯〉！完全是法國式的，也就是說，可憎到了極點的貨色；是法國式的，但不是巴黎的！不外是按照啓發過拉伯雷、伏爾泰、泰納評述的讓・拉封丹那種資質寫出的作品！繆塞那種青春期的氣質！那種看似動人的愛情！色彩豔麗的畫面，鋪排過甚的詩句，如此而已！人們品味這種法國式的詩很久很久了，而且是在法國。一個雜貨店夥計也能解出一個羅拉式的呼語；一個神學院修道士在小記事簿中祕密藏有五百條詩韻。這種感情衝動可以促使十五歲的青年發春；十六歲的青年人就以「心」中默誦這類韻文得到自我滿足；到了十八歲，以及十七歲，所有中學生都能搞出羅拉的那一套，還可以寫出一首《羅拉》來！有的中學生也許爲此而喪生。繆塞什麼也寫不出來：視野僅限於在紗窗簾後面窺視：他是閉上兩眼什麼也不看的。法國人，軟弱無能、意志薄弱，從小咖啡館被拖到中學課桌上，不過是一個好看的死人，好看的死人也死了，今後大可不必爲讓我們感到厭惡再費力讓他復活！

第二代浪漫派是通靈者：泰奧菲爾・戈蒂耶，勒貢特・德・利爾，泰奧多爾・德・邦維爾。但是明察那不可見和諦聽那不可聞，與復現已死去事物的精神完全不同，據此

⑱《斯泰拉》，即《懲罰集》第六部分。在十九世紀六〇年代以後，新進一代詩人對雨果、繆塞等已持批評態度，浪漫主義早已不能滿足新的美學要求。

波特萊爾是第一位通靈者，詩人之王，一位眞正的上帝。不過，他曾經生活在過於藝術化的環境之中；所以，他採取的形式爲世人所讚揚，但那種形式也不免偏狹平庸。表現不可知需要創造力，這種創造力要求有新的形式。

舊形式的一派，在一些天眞無知的人當中有A．勒諾，——他也有他的羅拉；L．格朗代——也有他的羅拉；——還有一批高盧人和繆塞式的人物，如G．拉弗內斯特，科朗，C．L．波珀蘭，蘇拉裏，L．薩爾；學生，如馬爾克，埃卡爾，特裏埃；死人和笨蛋：奧特朗，巴比耶，L．皮夏，勒穆瓦納，德尙之類，德澤薩爾之類；記者：L．克拉代爾，羅貝爾．呂紮爾舍，X．德．裏卡爾；奇幻派（les fantaisistes）：C．孟戴斯；還有流浪人；女詩人；有才能的詩人：萊翁．迪耶爾，以及絮利—普律多姆，科佩，——與舊形式決裂的新流派，叫做巴納斯派，有兩位通靈者：阿爾貝．梅拉和保羅．魏崙，魏崙是一位眞正的詩人。——全部都在這裡了。⑲所以，我要努力使我成爲通靈者。——讓我們用一首虔誠的歌來結束吧。

蹲伏⑳

後來，他感到胃中汨汨作嘔，

⑲以上所列均爲法國十九世紀後期詩人。

………………………………

您不回信那就太可惡了：速速回信，因為我也許過一個星期就到巴黎去了。再見。

A·韓波

杜埃

保羅·德莫尼先生收

⑳此詩寫於一八七一年，十二音步，每節五行，共七節三十五行，ababa韻。以上所引各詩，係詩人憑記憶寫出，與原作有時略有出入。

「通靈者書信」題解

關於一八七一年五月十三日韓波致喬治・伊藏巴爾的信

最初由伊藏巴爾發表在一九二六年十月《歐洲評論》(La Revue européenne) 上。原信並未注明何月。但郵戳明確打上：「五月十三日，夏爾維爾——五月十五日，杜埃(Douai)」(杜埃是伊藏巴爾家所在地)。據伊藏巴爾後來在他所寫《我所認識的韓波》(*Rimbaud tel que je l'ai connu*, P.134) 上說，原信寫的地址也不對。

韓波寫此信時，幾次出走不成，他是處在精神危機的狀況下寫的。伊藏巴爾當時以為是開玩笑，未加重視。

關於一八七一年五月十五日韓波致保羅・德莫尼的信

最初發表在一九一二年十月《新法蘭西評論》，由貝裏雄發表。原信注明日期。此信清楚陳述了韓波的思想。此信極為重要。據說是一種民主的思想使詩人成為預言者，即「通靈者」（Voyant），那是引導人類走向未來的。詩人必須有一種超自然的清醒明悟，並系統地、有目的地培養他的特殊感覺（Sensations），通過打亂他的感覺意識，以求發現人類的命運。求助於毒品（drogue），疾病（maladie），罪惡（crime），目的是培育自身所有珍奇的感覺和幻覺，即不曾想像得到的那種形象。波特萊爾在《人工的天堂》中最主要的部分，就是韓波所要求的。韓波在信中提出的，前人也曾提到，也曾闡述同類觀念。

附錄

評論片斷

Ego（特異反應性——）關於A·R

我沒有看到寫（例如）《地獄一季》的困難。一切都是直接表現，噴湧迸發，烈度。

詞語中的烈度對於我是無謂的，對於我並不提供什麼。

在《彩畫集》中的情況卻相反，含有極高價值的事物不止於一個方面。

對於偶然性的一種經過精確斟酌的運用。——在文學之中只有這一點是可想像可預期的。

《彩畫集》體系——顯然限於提供一些「短小」的作品。——甚至也許不超出兩行的長度……

全部作品獨獨因爲建立在「效果」的基礎之上，才在這些效果中迅速分化散解。

——保羅·瓦萊裏：《無題集》❶

❶本文根據加利瑪出版社一九七四年版七星叢書Judith Robinson編注的保羅·瓦萊裏《雜文集》的文本譯出。

關於《彩畫集》

（法）茨．托多羅夫❶

我的智慧不值得重視，
正如混沌也可鄙棄。
與你的麻木不仁相比，
我的虛無又能怎樣？

韓波：《人生一》

所謂「《彩畫集》問題」，問題眞正所在，顯然不在有關歷史的方面，而是有關語義學的問題：這些隱謎似的文本究竟講出了一些什麼？有關韓波的文獻是異常豐富的，人們不免反而求諸文獻以期獲得一個答案。儘管大多數作者對韓波的英國之行、哈拉爾居

❶茨維坦．托多羅夫（Tzvetân Todorov，一九三九年生於索非亞），保加利亞裔法國結構主義理論家，著有《詩學》（1968）、《〈十日談〉語法》（1969）、《散文的詩學》（1971）、《批評之批評》（1984）等。

留❷、同性戀以及服用麻醉品的經歷感到興趣，超過對於這些作品的意義的注意，但致力於對《彩畫集》進行闡釋的研究著作也爲數可觀。讀一讀這些研究著作，我的印象一般來說，覺得仍然停留在這些「散文詩」做爲整體所提出的實際問題自身，或者是一下又超出上述問題走出界外了。因此，爲了確定我自己對原作文本的反應，我應該先將它過去引起的各種不同態度概括起來，並解釋這些態度在什麼地方讓我感到不滿足。

對於韓波原作文本第一種反應型態，我想把它叫做埃維邁爾神化論批評。西元前四至三世紀的古代希臘神話收集者埃維邁爾（Evhémère），著有散文體《神史》，可說是一部以神話與哲學爲內容的小說，今已失傳。《神史》試圖將宗教神話重加合理修訂，按照他的神譜分析，眾神即是非凡人物，由此提出神話體系與宗教起源說，認爲神即神化的人，即所謂凡人神化論。我認爲人們不可能眞正通過這種「闡釋」對韓波的文本加以略定。古代著述家埃維邁爾閱讀荷馬，就把荷馬看成是有關史詩中描述的人與地方的知識來源，彷彿那就是一種眞實（而非想像）的記述文字一樣。埃維邁爾式的閱讀都要通過文本尋索出現實世界的蹤跡。韓波原作文本，就其意向看，參照系是那麼薄弱，讀起來總是將它看做是有關詩人生活的資訊來源，這是令人非常詫異的事情。再說詩人一生事蹟至今仍然不甚了了，而且詩作原文文本往往又是人們所能加以把握的唯一依據。因

❷自一八八〇年七月始，韓波在亞丁一家法國人經營的皮貨與咖啡商行任職，同年十二月被商行派往衣索比亞哈拉爾地方分行，並在衣索比亞其他地方活動，直至一八九一年因病離開哈拉爾返回法國。

此詩人的傳記由作品出發加以組織，由此給人一種印象，似乎這就是以詩人的生活經歷來解釋詩人的作品，這種作法之帶有危險性，自是難以避免。

不妨取《彩畫集》當中易於理解的一篇〈工人〉為例，對上述作法試加評述。〈工人〉中「看這二月天午前多麼和暖」一句，詩中關於情節展示的地點沒有明指是在南方，按安托萬・阿達姆的觀點於是提出了這樣的注釋：「我們看到的是北方地區，在二月，氣候溫和。換言之，從一八七二年至一八七八年間，氣候是溫和的，特別是在一八七八年（奧斯陸平均氣溫：攝氏零下七度）。有人已經提及韓波在一八七八年春曾有漢堡之行，這件事原本含糊不清，而且稍有差異，但與〈工人〉一詩密切相關，是完全可能的。」關於這個問題，夏德威克❸反駁說：這首詩寫作日期是一八七三年的二月，《泰晤士報》曾有報導稱一月份有洪水突然侵入倫敦，而且原詩也說到「上個月淹大水」。看來，批評家必須仔細查閱十餘年的氣象變化一覽表，還須具有福爾摩斯那種精明多智才行。不過批評家要證明他們的假設依然達不到目的，因為這裏缺乏的恰恰是原始事實（即使是「稍有差異」）。

眞正的問題並不在這裏。原作文本的指示儘管與氣象的歷史記載相一致，但兩者之間的關聯仍然存在著許多困難的問題：因為其中隱藏著對於這種最基本的區別的忽視，即歷史與虛構、文獻材料與詩之間這種根本性的區別。韓波所說會不會不是一次實有的

❸C・夏德威克（C. Chadwick），法國批評家，著有《韓波研究》等。

洪水泛濫，或一次事實上不曾出現的暖冬？人們可能提出這樣的問題並對之做出肯定的回答，這一事實本身就使阿達姆或夏德威克的淵博的考證變得於理不合。要知其中原委，只要讀一讀韓波親筆寫下的字句就夠了：「你的記憶和你的感覺將是你創造的衝動的食糧」（〈青春四〉）。

我們不妨設想原詩是寫韓波生活經歷的。將闡釋這個用語用於驗證這樣的含意上，我仍然把握不定、猶豫不決，這是因爲所謂驗證，嚴格地說應屬於對於詩人傳記的認識範圍，這種證實也不可能等同於對詩人原作文本的一種解釋。〈流落〉一詩中那個「撒旦醫師」或許眞是指魏崙，所有注釋家無不追隨魏崙本人之後一再重複這樣的說法❹。又說〈橋〉中河水「寬闊得好像海灣蕩漾」可能是寫泰晤士河，例如蘇珊・貝爾納❺即持這一看法。但是，即使他們確證原詩這些因素的來源（不妨假設是這樣），也仍然沒有解釋清楚原詩的意義。每一個詞語和每一個句子的意義只有與同一文本其他詞語、其他句子建立關係方才得以確立，像這樣明白易解的道理還要給以說明，不免讓我感到不安，可是對於韓波的注釋家們說來，這個道理竟好像是不存在的。同樣，當蘇珊・貝爾納談到《彩畫集》中另一篇特別明白易解的〈王權〉時，斷言「原詩文本，在我們直到目前所能了解的程度上來說，仍然是晦暗不明的」，我看，她這種看法完全是在迴避問

❹魏崙在他一封信中，曾提到「撒旦醫師」是指他，故有此一說。
❺蘇珊・貝爾納（Suzahne Bernard），法國當代研究韓波的學者。

題，因爲任何難得一遇的發現、傳記上的關鍵之處都已查明，也不會使這首詩的文本更加清楚明白〈也無此必要〉，理由是培育「記憶」與「感覺」的前文本，不可能有助於意義的確立。

面對韓波原作出現的第二種態度，是所謂原因論批評。在這一方面也談不上是眞正的闡釋，不可能，與其說探索文本的意義，不如說是查明促使韓波何以要那樣表達的原因。所指的明顯性在這裏讓位於指向作者的某種明顯性了，因此作者的原作文本也就不成爲其表現，反而成了供人診斷的症狀。最流行的解釋是：韓波如果寫出這樣一些不相連貫的文本，是因爲他服用麻醉品，韓波是在服用大麻的影響下寫成的。有一些詩，例如其〈沈醉的上午〉可能給人描繪服用毒品經驗的印象，這是不錯的。但是事情也並不因此就昭然若揭。如果是這樣，也仍然無助於我們對原作的理解。對我們說韓波寫這一或那一首詩服用了大麻，對於闡釋這首詩的文本也仍然是一個沒有什麼確切內容的資訊，就和告訴我們他這首詩是在浴缸裏寫的，或者他穿著紅襯衣，或者窗開著，在這樣的場合下寫的，同樣沒有什麼確切內容可言。這種資訊至多可以歸之於文學創作的心理學範圍。在閱讀〈沈醉的上午〉以及其他類似的文本所提出的問題，不在於作者當時是否服用麻醉品，而在於如何閱讀這一類文本，倘若人們不拒絕尋求其中的意義的話。面對這種不相連貫、缺乏條理，或者不相連貫、缺乏條理的表面現象，應當如何反應呢？

同樣按照原因論的批評觀點，還可以促使一批注釋家說：如果說這樣的文本是怪異的，那是因爲它描寫的是歌劇場面；或者是描寫一幅畫，或者一幅版畫；或者如德拉阿伊❻所說，〈花卉〉一詩是韓波躺在池塘邊草叢中從近距離去看這些植物；蒂博代❼則對〈神祕〉一詩想像為一個精疲力竭的步行者躺倒在地上正面仰看天空。在這裏，批評家僅僅滿足於證實（其方法是太成問題了）韓波寫出那樣的文本的那種經驗，對於原作的意義何在不加追究。像這樣的證明也可能納入闡釋的範圍，但這裏所說的有關繪畫，不是韓波可能看到的那樣的繪畫，而是他在文本中描繪出來的畫面。因此，在這裏，必須具備一定的條件，因為這裏涉及到的是繪畫效果的問題（不是前文本的效果）。

我在這裏企圖加以區別的兩種批評態度，當然也從屬於闡釋的範圍：它們都同解釋文本的意義或文本的組成有關。這兩種批評所以做到這一點，在於它們所採用的那種方法，我認為採用這種方法就把《彩畫集》中最富於特徵的東西給抹煞了，因此我認為這種方法完全無視《彩畫集》傳遞資訊這個最為重要的方面。祕傳❽式批評的情況相對來說倒較為簡單。《彩畫集》如同一切晦澀難解的文本一樣，也有大量祕傳式的闡釋出現，這樣就使一切都變得一目了然了：原作文本中每一種成分，或至少每一種成問題的成分，由另一種成分取而代之，這另一種成分源出於某種從精神分析到煉金術普遍象徵原則的種種變體。〈流落〉一詩中那個奇怪的「太陽之子」，說是指和諧，或者愛，或

❻德拉阿伊，韓波在故鄉夏爾維爾中學時的同學和好友，作家。

❼蒂博代（Thibaudet,1874-1936），法國文學批評家。

❽祕傳（ésotérique），原指古代希臘某類口授祕傳的哲學學說。此處所謂祕傳式批評，是指一種批評方法或原則。

者指法老；〈洪水之後〉中的虹，是指臍帶；還有〈花卉〉，是指金屬中含有的那種精純物質。以上這一類闡釋既不可能得到證實，也無法予以廢除，這樣也就沒有多大意思了。進一步還可以讓這類闡釋逐段迻譯原作文本，而不必顧及文本的組成結構，直到最後，一切都變得一目了然，可是原有的晦澀難解之處依然得不到解釋：韓波為什麼喜歡把這些平平常常的思想，組編為難於索解的密碼而取樂？

第四種，也是最後一種對待韓波原作的態度，給它加上範型批評❾這樣的名目是相稱的。在這裏，以這一明示或暗示的公設為出發點，即認為連續性不具有意義，批評的任務在於將文本中彼此多少分開的成分接連起來，以求顯示出類似性，或對立關係，或相近性。一句話，與詞形變化的縱向聚合關係範型直接有關，這是有效的，而橫向組合關係的單位語符列並非如此。韓波原作文本，像一切文本一樣，也可以這樣操作，可以在主題層次，或語義結構層次，或者在語法和形式層次上進行。總之，在《彩畫集》與任何其他文本之間按既定規程辦理，並不存在任何區別。這是因為範型批評家處理任何文本，都把它們看成與《彩畫集》一樣，缺少順序、連貫性和連續性，因為上述情況他一定會發現對此不需給予特別重視，他按照他所發現的縱向聚合關係範型序列，將之安

❾範型批評，即根據語言中每一個詞和一組可替換的詞處於縱向聚合關係，形成縱向聚合關係語言項，以此為原則或方法進行文本分析。與此相對的是橫向組合的單位語符列，即構成線性序列的語言成分之間的橫向組合關係。

置在一定的位置之上。但是，在其他文本的分析中（即關於橫向組合關係幅度、推論與敘述的連續性無效的公設）可能已經出現有爭議的問題，在《彩畫集》的事例中也必然產生令人不能接受的結果，因爲人們根本不具備說明《彩畫集》這種文本最引人注目的，即在表象上不相連貫的特徵的任何手段。正因爲像對待《彩畫集》一樣去處理一切文本，所以範型批評不可能說明《彩畫集》和其他文本在哪一方面有所不同。

面對上述不同的批評策略，我想提出我認爲是《彩畫集》文本向我迫切提出的另一種觀點。這種觀點要求認眞對待閱讀的困難，不要把困難視爲全部過程中的偶然現象，意想不到的缺乏方法，有方法也勢必導致毫無結果，即使如此，也要使之成爲我們的研究物件。這種觀點還要求問一問《彩畫集》傳遞的主要資訊是否不在意義顯現（或者也許是消失）的模式本身，而在於由主題的或語義的分解所建立的某種內容。如果情況是這樣，那麼，爲使對文本的解釋置於另一個層次上，對文本的解釋在《彩畫集》這一場合下就不該面對「文本複雜性」而裹足不前，儘管「文本複雜性」可能使任何「解釋」從原則上說成爲不可能這一點暴露無遺。

如果韓波的原作文本展現了一個世界，那麼作者同時必定有意讓我們理解這個世界不是「眞有的」。那是一些超自然的、神話中的人物和事件，如〈波頓〉中的三次變形，〈黎明〉中的女神，〈神祕〉中的天使，或〈古意〉中身兼雌雄兩性的人物。還有一些從來不曾見過的多維的物體和地方：「這個大圓頂是一個直徑約有一萬五千尺，精工製造的鋼架」（〈城市二〉），「大教堂十萬座祭壇」（〈洪水之後〉），形成一座比阿拉伯半島還要大的半島的別墅以及其附屬建築物（〈海角〉），或難以數計的各種不同形狀的橋（〈橋〉）。或者，物體實際上可能有但又是那樣似是而非，以致人們拒絕相信這些事物眞會存在：如〈大都會〉中的水晶大馬路，〈演劇〉中的露天大舞臺上的一條條大馬路，樹林中的那座大教堂（〈童年三〉）和在看不見的軌道及滑輪上往復來去的水晶小屋和木舍（〈城市一〉），置放在阿爾卑斯山脈中的鋼琴和地極的「輝煌大廈」（〈洪水之後〉）。

當一些有關地理方面的指示，看來似乎使埃維邁爾式的偏見獲得滿足並證實其所涉及的各個地點之時，韓波彷佛有意開玩笑，竟任意把國家地區和各個大陸搞亂混成一團。如神奇的海角竟涉及埃皮魯斯和伯羅奔尼撒，日本和阿拉伯，迦太基和威尼斯，埃特納和德國，斯卡爾布羅和布魯克林。這樣似乎還不夠，還要喚出「義大利、美洲、亞洲」（〈海角〉）。那個偶像，「既是墨西哥人，又是佛拉芒人」，船舶有「希臘人、斯拉夫人、克爾特人」的命名（〈童年一〉）；貴族竟是德國人，日本人，還有瓜拉尼人（〈大都會〉）；德意志，韃靼的沙漠，天朝帝國，非洲甚至「西方」都在〈歷史的黃昏〉中會合。這些詩作文本寫到的地區究竟在什麼地方？這些都是爪哇派❿與英國派專家博學的爭論所無法解決的問題。

❿韓波一八七六年曾有爪哇之行。有一些研究韓波的批評家和注釋家認爲詩中許多奇異景象即出自此次東方之行，據此對詩作加以解釋，因之有爪哇派之稱。

原作中一個句子或一個詞，時常公開指明描寫物件不過是一個意象，一種幻象，一場夢。許多似是而非的橋在陽光下消隱不見：「一道白光從天上投下，抹去這一幕喜劇，沒入空無。」（〈橋〉），還有一系列安排好的神奇城市都是已經指定的：「在這讓我安靜睡去、讓我寧息少動的地方，能不能把那個好時辰還給我，能不能把那善意的手臂伸給我？」（〈城市一〉）。在〈大都會〉中引出眾多人物，原本都是「幻象」。夢幻之於韓波已不屬於主題性因素，例如波特萊爾也是如此，而是一種閱讀的操縱裝置，一種關於放在眼前的文本需加解釋的解釋方法的提示。〈滑稽表演〉中的人物所穿的衣服是「仿照噩夢氛圍」裁製而成，而〈城市一〉中的山原是「夢中的山」；「夢中那個騎在四輪馬車前導馬上的馬車夫副手，還有馬匹」貫穿在〈通俗小夜曲〉之中，而〈守夜〉中幾節講述的原來也是夢境。在另一些地方，人們很久以來就對《彩畫集》戲劇上的詞彙，即所謂「opéradique」，給予突出的注意。與其說韓波旅居倫敦時常去劇院，以此爲證，那麼，人們爲什麼不對這裏所說的物件具有虛構、幻想性質的標記更加重視呢？從〈歷史的黃昏〉中「不能成立的旋律」到「這些小旅店永遠閉門不開」（〈大都會〉）和不可見的城堡的花園——「在那裏其實沒有什麼可看的」（〈童年二〉），這種無所存在不是已經確定了其他許多同類事物的性質了嗎？《彩畫集》中所涉及的一切地區，而且還不限於〈野蠻〉中所說的北極的花卉，都應該加上這樣斬釘截鐵十分確定的說明：「它們都是不存在的。」

況且，指出所指的虛構性質，也無非是使表現某一個世界的文本的潛能成爲問題的一種最常見的方法而已。除去這種消除所指的性能以外，人們實際可以觀察到對於話語本身的所指潛能所施加的一種作用，一種極爲巧妙的潛隱作用。《彩畫集》文本所指定的各種人物，實質上都是不確定的：我們不知他們何所來，也不知其何所往。韓波對這種不確定看似無所覺察的程度有多大，其衝擊力量也就有多大，而且他還繼續不斷使用定冠詞，若無其事地將這些人物一一入詩。珍奇的寶石、花卉、大街、攤位、鮮血、馬戲場、奶水、海狸、瑪紮格朗、大宅、服喪戴孝的幼子、不可思議的掛像、沙漠商隊⓫，所有這些人物與事物（在〈洪水之後〉中）比比皆是，但是我們對他們一無所知，同時詩人對這種無所知的狀態也不加注意——他在那裏講述，就好像我們全都了解一樣。「隔板上如大歌劇熱烈喧鬧的裂口」是什麼意思？「對大風暴……喝倒彩」是什麼意思？「悶死人的大森林」指的是什麼，「在群犬包圍狺狺狂吠下滿地打滾」是什麼意思（以上均見〈通俗小夜曲〉）？所有這一切既無細節說明，也沒有其他提示，它們的含意怎麼能知道呢？「有橙紅美唇的少女」（〈童年一〉），「馴順的野獸」（〈童年四〉），「一個安詳美好的老人」（〈片語〉），「這種古代音樂」（〈大都會〉），「美侖美奐的精氣」（〈Fairy〉），以及其他種種，詩中出現的看來都是確定的物件，但是，缺乏相關的資料，對此我們仍然全無所知，而且，有關於此，我們最不願意設想：這些物件都是在靈光感悟無限短促的一剎那之間看到的。

⓫原詩在這些名詞之前均冠以定冠詞以表示確指。

所有在詩中出現的物件，孤立地看都是不確定的，再加上詩中這樣的顯現都是急促的、一閃即逝的。所以人們致力於探求一種相關的確定性，探索某些物件與其他物件的關係，或者文本中各部分之間的關係，以求達到同樣理解的目的。但是，在這裏，矛盾也最爲尖銳突出：因爲《彩畫集》正是以無連貫性做爲基本規則建立起來的。韓波以無組織方式做爲這類文本的組織原則加以運用，這種組織原則從詩的整體構成到兩個詞語的組合，分別在各個層次上發揮它的功能。例如，段落之間的關係尤其表現得明顯：沒有組織關係。譬如〈大都會〉每一節都由一個實詞歸結收尾——這當然不是終止問題的提出，這樣說來，「城市」、「戰爭」、「戰場」、「天宇」、「你的力量」，其中究竟是哪個詞在全詩文本內部起著聯結關係的作用？或者在〈童年一〉之中，從偶像向少女、舞蹈和公主一節節過渡，這又如何解釋？《彩畫集》文本整體（不僅僅是其中之一），都可以標上這個富有意義的題目：「片語⓬」。

人們可以這樣說：至少另起一行是表示主題的變化，並且表明無連貫性自有其道理在。但是，各個命題（句子）在一個段落甚至一個句子的內部卻以相同的方式更加受到破壞以至分化瓦解。試讀〈大都會〉第三節，這一節是從其他相鄰近的段落孤立出來的：

⓬原文phrases，本義是語句、句子。

抬頭向上看：是拱形木橋；撒馬利亞最後的菜園；暗夜寒風拍擊搖晃不定的燈下，盡是塗彩的假面具；河岸下穿花裙憨態可掬的小水仙；豌豆圃中發光的死人骷髏——還有其他種種幻象——戰場。

像這樣一個句子，在內部將所有這些「幻象」聯結起來的又是什麼呢？「海狸在修築巢穴。北方小咖啡館裏『瑪紮格朗』熱氣騰騰香氣四溢」（〈洪水之後〉），在這裏又是什麼使這樣一個段落內部得到接連貫通的呢？人們簡直不知道對於描寫城市的那種無連貫性（〈城市二〉）該是多麼令人驚奇，或者說，對於描寫城市的文本的那種缺乏連貫性，在一節詩中，居然並列有小屋、木舍、火山口、水渠、喉、深淵、旅舍、雪崩、海、花、激流、郊區、岩穴、古堡、市鎮、巴格達大街——其他我就不一一列舉了。用來保證連貫性的話語手段——首語重復修辭法❸和直接明指的代詞——以出乎意料的方式在這裏發揮作用：「中了邪的花在喃喃低訴。傾斜的山坡搖著催他入睡」（〈童年二〉），催誰入睡？「多少不幸，多少災難，多少心機，多少手段，你都無所謂」（〈片語〉），這裏說的究竟是指什麼？又如「人的這種生存環境」、「在愚蠢的不同層次上，是窮人和弱者的艱難和困厄！」（〈歷史的黃昏〉），但是前文之中並不存在層次和生存環境的問題。

❸指一個單詞或一個短語連續出現在幾個句子或若干行文字的開頭。

在《彩畫集》文本整體中，表示邏輯關係（如因果關係）的連詞也難得一見。如果我們注意到有連詞出現，也無法證明其合理性——所以還是難於理解，因此連詞難得見到，對此人們也並不怎麼感到惋惜。與「句法家」馬拉美正好相反，韓波是一位詞彙詩人：他把詞語並列，這些詞語的一切鉸接相連的關係都被放棄，詞語僅僅保有自身所強調的語調。韓波注意到寫出的事件或句子之間僅有的關係，都屬於同時共在性質。如在〈洪水之後〉中所有拼湊在一起的情節都在時間之中統一起來，因爲它們都是在「洪水的觀念一經淡薄」的同時發生的；〈歷史的黃昏〉中的情節，發生在「有一天黃昏」；〈野蠻〉中則是「經過多少白日和季節」。還有在空間中的同時共在：最典型的例證可以〈童年三〉做爲代表，這首詩以「林中」這個地點狀語爲開端，從而引出如下的系列：一隻鳥，一座大自鳴鐘，一個泥坑，一座大教堂，一泓湖水，一輛小車和一隊劇團演員！

這種空間的同時共在往往對觀察者以明確指稱的方式加以強調，觀察者所處的不變方位，由一些關係副詞如「左側」、「右側」、「在上」、「在下」加以限定。如「夏天的黎明喚醒了園中右側……左側坡地上……」（〈輪跡〉），「左側山脊肥沃土地……山脊右側後面……這樣，這幅畫的上部……在它下面……」（〈神祕〉），「右側玻璃窗缺口上方……」（〈通俗小夜曲〉），「正面壁上……」（〈守夜二〉）。

因此人們得到印象，認爲這是對一幅畫的描寫，這種描寫是由一個正在審視這幅圖畫的不動的觀察者做出的，而且「圖畫」這個詞在〈神祕〉中也出現過，在〈通俗小夜曲〉中還有「意象」一詞，也是如此。但是所有這一切都是由文本形成的一些意象：在這種描述中呈現出來的靜止狀態會引起圖畫的印象在所難免。名詞性句子借助純空間性或時間性的同時共在，同樣也一定能形成那種靜止不動的效果；換言之，這種名詞性句子在《彩畫集》中是豐富眾多的，它們在全部文本之中有時占有特別重要的戰略地位，如〈Being Beauteous〉、〈守夜二〉、〈冬天的節日〉、〈歷史的黃昏〉、〈焦慮〉、〈Fairy〉、〈通俗小夜曲〉、〈童年二〉、〈沈醉的上午〉、〈演劇〉，有時又瀰漫於文本的整體之中，如〈野蠻〉、〈虔敬之心〉、〈輪跡〉、〈出行〉、〈守夜三〉。因此，人們對於這類詩作文本如此適應「縱向聚合關係語項」相接的情況並不感到意外：明示的連接關係不存在，人們只好暫且將問題擱置不問；缺乏句法組織，人們可以轉向詞語，並尋求其間的關係——就像人們以一個簡單的詞做爲出發點所能做的那樣。所以，蘇珊・貝爾納談到像〈野蠻〉這首不可理解的詩作時提出音樂形式這樣的說法，就很有道理（韓波許多詩作都借助繪畫詞彙和音樂詞彙——就彷彿不是屬於語言似的）：同樣一個句子從開端到結尾重複三次；嵌在每一節前後的名詞又在一個共同感嘆句中集合在一起：「啊，穩定，世界，音樂！」〈通俗小夜曲〉、〈守護神〉、〈致某一種理〉中這樣的音調反覆出現，〈虔敬之心〉、〈童年三〉、〈出行〉、〈守夜一〉、〈守護神〉等文本中那種占主導地位的嚴格語法上的平行對應，給人們留下的印象十分強烈。同樣，在語義層次上：想要知道《花卉》一詩說的是什麼，人們很可能感到極其困難，但是其中用語措詞各個系列又是如此均衡一致，對此人們絕不會視而不見。這些詞語幾乎吻合全部文本：

如貴重物質（金、水晶、青銅、銀、瑪瑙、桃花心木、綠玉、紅寶石、雲石），織物（絲、紗羅、天鵝絨、緞、毯），色彩（灰、綠、黑、黃、白、藍）。還有這樣一些人物，形成一種陰性名詞聚合關係語項的羅列，引起我們的注意：一偶像，一少女，一些貴婦，一些童女，一些女巨人，一些女黑人，一些年輕的母親，一些大姊姊，一些后妃公主，一些異國小女子……（〈童年一〉），但是我們不知道這些人物在指稱層次上是由什麼將她們聯繫在一起的。不過，面對這種忽視連貫性的方法與無視連貫性的文本兩者疊合感到可喜，卻不免過於簡單化了：因爲這樣的幸事畢竟是可慮的、令人遲疑不安的。

破壞句法組織損及句子，特別容易轉化爲故弄玄虛。韓波將具體與抽象大膽結合在一起，是人所皆知的（如〈洪水之後〉中「大水與悲愁」這樣的樣式）。在他的詩作中，文學體裁樣式也可以同物質物件和物體相結合。如「世上所有的傳說都在發展演變，各種激情躍動沖向市鎮」（〈城市一〉），「還有窮苦人的胸懷，還有天上的傳說」（〈Fairy〉），「也許在這些層次上，月與彗星交會，海洋與神話遇合」（〈童年五〉）。或者像〈洪水之後〉中「果園中踏著木鞋唱起豬叫般的牧歌」。即使無法從抽象過渡到具體，中間的距離相隔太大，這種並列協調也存在著問題：「……變動和未來……都出賣」（〈大拍賣〉），「還有聖女，戴面紗的修女，還有和諧之子，還有夕陽西下映現出獨有傳說中才有的那種奇幻色彩」（〈歷史的黃昏〉），「情愛與現時」，「這種種迷信，這古老的肉體，家庭和人生，都去吧」（〈守護神〉），等等。對於句法的這種棄而不顧，走向極端，就成了純粹的羅列，可能是橫向組合的詞列，如〈青春三〉，或如〈片語〉中這樣一節：

七月，一天上午，陰沈沈。死灰氣味在空中流散；——爐中木柴發汗的氣味，——爛腐的花卉——散步場的蹂躪踐踏——流過田野的溝渠的霏霏細雨——玩具和乳香為什麼不見？

也可能是許多單一孤立的詞語，如〈焦慮〉的第二節：

（棕櫚葉！金剛石！——愛情！力量！——高於歡樂與光榮！——無論什麼方式，無論在何處，——魔鬼，神，——這麼一個人的青春：我！）

人們發現從大單元向小單元下降的不連續性的作用如何擴大：儘管互不連貫也無礙於每一節詩各有其所指；問題在於了解是否可能從全部文本的指稱中找到那種統一性。在這裏，不存在宣講內容——這一類羅列性的、堆砌的詞語或單位語符列——就不允許有任何結構構成，即使是局部的。因此句子之間不相連貫，有損於指稱物件；單位語符列之間不相連續性又破壞了意義本身。因此，人們只能滿足於理解各個詞語，讀者方面的一切設想、想像和致力於補充關節鉸接空缺處這樣的通道，也就打通了。

指稱作用因不確定性而被動搖；指稱作用隨著不連續性遞增就愈加成爲問題；指稱作用最後因彰明昭著的自相矛盾而被置之於死地。韓波特別喜歡修辭上的那種矛盾修飾法（oxymore）。古老火山口「咆哮，旋律優美」，還有「高潮急驟降落，與一定高度的平野相連接，已有神品的半人半馬女獸在這裏的雪崩中自我煉化精進」（〈城市一〉），嚴刑拷打「對著你笑，就在嚴刑拷打殘酷叫囂以及沈默無聲中」（〈焦慮〉），天使是屬於「火焰與冰的」（〈沈醉的上午〉），還有一種「時間的永恆的流變」（〈戰爭〉）和「百里香的沙漠」（〈洪水之後〉）。更富有特徵的是，韓波有時提出兩個完全相異的詞語，就好像他不知道採用哪一個好，或認爲這樣做無關宏旨，無所謂的，如「只有一分鐘，或延續整整幾個月」（〈滑稽表演〉），「小車一輛遺棄在低矮的樹林裏，或沿著小路急馳而下」（〈童年三〉），「泥濘是紅紅的，或是烏黑的」（〈童年五〉），「在床上或草坪上」（〈守夜一〉），「現代俱樂部大客廳或古代東方大廳堂」（〈演劇〉），「在這裏，不論在什麼地方」（〈民主〉）。

另一些詩作則是不加掩飾地建立在自相矛盾之上，〈故事〉一首便是如此。國王殺死了許多女人；那些女人依然活著並沒有死。他把他四周的追隨者一一處決；這些人卻永遠留在他身邊竟沒有消失。牲畜動物、宮闕殿宇和人，他都一律摧毀殺滅，「可是人群，殿宇的金頂，美麗的禽獸，依然如故，仍然存在」。後來國王死了，卻依舊活著未死。有一天夜裏，他遇到一個精靈，這個精靈正是他自己。〈童年〉中的情況也是一樣：死去的童女依然活著，「已經死去的年輕母親從大石階上款款走下」，已不存在的弟弟依然還在。或者，人可以把生命全部獻出，但日復一日，又總是重新開始生存（〈沈醉的上午〉）。如何建立這些片語表達內容的指稱關係？叫囂的沈默，植物的沙漠，一種不成其爲死的死，一種在的不在，又是什麼意思呢？

即使了解了詞語的含意，人們也不可能建立這些詞語的指稱關係：說出的是什麼，了解了，但不知何所云。《彩畫集》各篇作品遍布這一類像謎一樣晦澀難解的詞句表達：郊野上竟「有人分成幾隊吹奏曠古未聞的音樂」，但是一個吹奏曠古未聞的音樂的樂隊又是什麼呢？「未來的夜的華彩中的鬼魂」（〈流落〉），這又是什麼？又，「建築物主軸」、「大氣氛圍系列」、「地質偶發性」（〈守夜二〉），是怎麼一回事？「各種新發現和無可置疑的期限」（〈大拍賣〉）是指什麼？「田野農作物鋸齒形脊線」（〈演劇〉），是什麼意思？還有「悶熱窒息的氣候」、「嚴肅認眞的存在」（〈歷史的黃昏〉），這又是什麼意思？

如前所述，人們可以談論這種不確定性，但總是有這樣的感覺：事物確實並沒有按其本來的名目加以稱謂。《彩畫集》中明確的隱喻不多見，可以毫不猶豫地加以證實的（儘管對其所引出的物件大可懷疑）有：〈洪水之後〉中的「上帝的印記」、〈歷史的黃昏〉中的「綠草地的羽管風琴」、〈童年四〉中的「金黃愁慘的洗過衣服的肥皀水」，以及其他等等。與此相反，人們接下來就感到要在其中看到某些換喻和提喻⓮。有不少語

⓮修辭上的換喻，或可稱爲借代。至於提喻，是指以部分喻全體，以材料喻成品，以單數喻複數，反之亦然。

句令人想到「部分喻全體」型的提喻。對於物件，韓波僅取其與主體相關或與另一客體相關的可見的一面或局部，指明整體他在所不計。「我從這裏走過，喚醒了呼吸律動，溫熱有力的喘息……有羽翼無聲地飛去」（〈黎明〉）：是誰的呼吸，誰的羽翼？在〈野蠻〉中看不到有任何人出現，但是「那裏還有形式，汗水，長髮，美目，都在飄浮飛動」。（還有〈花卉〉中「眼睛和長髮」的地毯）。還有〈Being Beauteous〉中的「美的存在」；「面如死灰，肩披鬃毛，水晶的兩臂！」還有從這瀝青的沙漠上「頭盔、車輪、小艇、馬匹」潰亂敗退（〈大都會〉），但是所有這一切究竟屬於什麼性質？守護神，絕不指出其本相眞形，僅限於點出他的組成成分：他的氣息，他無數的頭顱，他的行程，他的肉身，他的視線，他的足跡……（〈守護神〉）

人們可能問在上述這些場合以及其他情況下是否有理由談及提喻這樣的問題。人體已經被分割成碎塊，整體已被分解；但是確實有人問我們可否放下局部以求找到全部，像眞正的提喻所期許的那樣？我要說：《彩畫集》的語言在本質上是按字面意義使用的，它並不要求，或者說，不接受按照轉義方式加以置換。文本所指定的是一些局部，這些局部在那裏並不是用來引喻全部的，寧可說是一些「沒有全部的局部」。

對另一類提喻來說，情況也是一樣，這類提喻在很多詩作文本中大量出現，即這一類提喻中的一種類型，換言之，就是以抽象和一般性的詞語表示特殊的和具體的聯想。做爲詩人，傳統上人們都對之設想爲浸潤於具體性和感性的，但是韓波有一種公開宣告致力於抽象化的傾向，從第一首詩的第一句開始，這種傾向就以自炫的姿態表現出來：

「關於洪水的觀念一經淡薄……⑮」不是洪水，而是關於洪水的觀念淡薄下來了。在《彩畫集》中，自始至終韓波偏愛抽象名詞甚於其他。他不說「妖怪」或「妖怪似地可怕的活動」，而說「任何畸形怪誕都有悖於……殘忍氣度……」。不說一個孩子在監護、守護，而說「在童年的監護下」；同一首詩還談到「孤獨」、「慵倦怠惰」、「機制」（名詞的mécanique）、「動力」（名詞的dynamique）、「衛生之道」、「災難」、「道德」、「行爲」、「情欲」……（〈H〉）。海不是由淚形成，而是由「屬於灼熱之淚的那種永恆」（〈童年二〉）。人們是拿不出佳運的（這已經是很抽象的了），但還是要說「我們的佳運的實體」（〈致某一種理〉）。甚至用驚嘆號給一個文本斷句，也常常是用獨有的抽象名詞：「優美，科學，暴力！」（〈沈醉的上午〉）。在〈大拍賣〉宣告公開大規模銷售活動之中，抽象化占居支配地位：「不成問題的豐足富有」、「算術的應用和不曾耳聞的和聲突變」、「遷移」和「變動」、「騷亂」和「無可限制的滿足」，並且還要出賣「可詛咒的愛情和地獄中群眾的正直所不知的」一切：在這裏人們歎賞的是使我們與確指物件隔開的那種輪番歷數的數量——如果有那樣一個確指物件的話。「可詛咒的愛情」是一種人們不知其固有用語的迂迴說法，「群眾」是一個類屬的用語，但也並不是群眾對某種事物毫無所知，而是他們的正直之所不知。我們不要忘記，這種定性儘管已經如此細微，卻具有一種否定的功能：這就是人們所「不知」的那種東西。難道有誰能夠設法表

⑮〈洪水之後〉是《彩畫集》的第一首詩，這是其開宗明義第一句。

現出群眾的正直所不知的那種東西嗎？

或者，我們不妨再看看〈守護神〉原文，從中可以看到他同樣大量運用物質性的「提喻」手法。這裏描述的那種無名的存在，便是所謂「情愛與現時」：這是一種成問題的並列，而且非常抽象，這是無疑的。「他的特許……我們所有的人都對之感到驚恐惶怖」，這樣一個句子與怎樣一種行爲發生關係，可以相互參照？韓波隨心所欲增加仲介性用語，這樣一些用語把我們從一個詞推向另一個詞，如「形式與行爲的完美，這種完美所有的那種可怕的速度」；人們準備想像行爲的速度或形式的完美（韓波從來不說：行動是快速的，形式是完美的），但這「完美的速度」是什麼意思呢？這首詩的全部詞彙都保持在抽象化的這種高度上：情感、力氣、災禍、仁慈、暴力、無窮、富饒、罪惡、歡樂、資質、永恆、理、度量、愛……〈戰爭〉中有一個句子甚至以「各種現象」做爲主語。

以非動詞性表行爲動作的名詞取代動詞呈系列出現的方式，可以取得同樣的效果。〈守護神〉中不用動詞取消（abolir）、跪下（s'agenouiller）、打碎（briser）、排除（dégager），而是這樣表示的：「絕妙的形蛻（dégagement）……美雅的碎裂毀滅（brisement）」，「古人的匍伏拜倒（agenouillages）」，「痛苦（的）廢除（abolition）」！〈通俗小夜曲〉講到「屋頂迴旋亂轉（pivotement）」和「卸馬（dételage）」。鴿子並不是在飛翔，而是「殷紅的鴿群環飛，在我思緒中轟轟有如雷鳴」。在〈守夜二〉中，有「和諧的仰視線相交在一起」這樣一句。還有「時間的永恆的流變……把我……

到處驅逐追趕」(〈戰爭〉)。

抽象詞彙大量出現在韓波詩中，並不導向某種形而上學的主題，如同人們在閱讀中對這一類詞語一覽表可能設想的那樣。如果說韓波有著某種哲學，那麼，經過一百年的考證詮釋，那是可得而知的。但是，一般類屬的或抽象的詞語所產生的效果，和整體中的部分表現出來不具備可指稱的整體，所取得的效果並無二致。因此，我們終究應該注意到問題並不在提喻的作用上，而應當認眞如實地看待所涉及的那些局部或屬性性質；總之，再現人們所講到的事物是根本不可能的，人們只能理解向人們陳述出來的種種表語⑯。畸形怪誕，這又如何去表現？還有童年？實體？「現象」？或完美的速度，又如何去想像？

這就是久久以來向韓波的注釋家們提出的許多重大問題之一：對於每一個原作文本，即使是理解了組成文本的每個詞句的意義，也仍然還是極難弄懂這些詞句所描述的那個存在從準確性上說究竟是什麼。〈故事〉中的國王是何許人，是魏崙，還是韓波⑰？〈滑稽表演〉講的是什麼？是軍人，教士，還是賣藝人？〈古意〉中的人物，是一個半人半馬怪，一個人身羊足生角的牧神，還是一個生有羊角羊蹄半人半獸的森林之神？「美的存在」(〈Being Beauteous〉)，是什麼？〈致某一種理〉中的那個理，是柏拉

⑯即種種有關的屬性、標誌、象徵。

⑰安托萬·阿達姆認爲國王是指韓波。

圖式的邏各斯，還是煉金術士的邏各斯？〈沈醉的上午〉講的是吸大麻還是同性戀？〈焦慮〉中的「她」，是誰？是「女人」、「童貞女聖母」、「女巫」、吸血女鬼——基督教，還是焦慮本身？〈Fairy〉中的海倫又是誰，是「女人」、「詩」，或者是韓波？〈H〉提出的隱謎，謎底是什麼，是娼妓、手淫，還是雞姦？⑱最後，守護神是誰？基督、新的社會之愛、韓波本人？至於安托萬．阿達姆，他幾乎處處考證，得出的說法是指某些亞洲的舞姬，這完全是由查閱書本，枯燥乏味思想貧乏而產生出來的奇思妙想。⑲

即或將埃維邁爾批評派的妄想暫時保留下來，如此大量的問題仍然令人困惑不安。人們可能提出，承認問題存在，是不是比急於尋求問題的解答更爲重要？更何況在許多問題的細節之中，甚至在整個文本之中，韓波並不鼓勵我們由表語轉向本體。整體性對他是不存在的，企圖不惜一切以求其全恐怕是錯誤的。像〈滑稽表演〉這樣的作品以這樣的句子收尾：「荒唐野蠻的表演，其中的訣竅，只有我知道」⑳，人們實在沒有必要非找出只有韓波掌握在手祕而不宣的那個意義加以確定不可，也沒有必要肯定有那麼一

⑱伊夫．德尼斯（Yve Denis）在一九六五年發表文章，即持此種看法，以上所提各問，均屬注釋家對有關詩作所作的解釋。

⑲安托萬．阿達姆考證出〈守護神〉一詩與十九世紀光明派教義（illuminisme）政治、社會哲學有關，並查出米什萊〈論女人〉一書有關世界統一以愛爲本的說法，將其中字句與韓波這首詩加以對照，以求證實其中含意。

⑳安托萬．阿達姆即認爲〈滑稽表演〉中有猥褻描寫。

個人的存在，對之加以實證足以使全文一下子通明透徹。「其中的訣竅」也可能是指用以閱讀文本的方法。一點也不錯，不必追問他講的是什麼，因爲並沒有講到有關的什麼事情。有許多作品的標題，人們一直理解爲表述指稱——本體的名詞，但也可以視爲限定修飾語詞、風格、文本本身的性質的形容詞：〈野蠻〉一篇不就是這樣一個題目嗎？不就是這類野蠻樣式中的一種演習嗎？〈神祕〉、〈古意〉、〈大都會〉、〈Fairy〉❷❶（即仙境之意），不也同樣是如此？

當不確定性，不連貫性，本體的分割和抽象化四個方面聯結在一起的時候，造成的結果是對這許多詞句，人們只想說不知所云，不僅不知道它們講的是什麼，也不知道它們究竟企圖講什麼。〈青春二〉中的一個從句是「出自發明與成功的雙重結局，憑藉不是形象的萬物，做爲友愛與審愼的人道，僅僅一個季節」；〈Fairy〉中有一個句子說：「夏日的炎熱託付與喑啞的飛鳥，慵倦怠惰需要一艘無價的喪葬用小船，飾以死去的愛情和下沈的香氣。」上述詞句中的用詞都是熟知的，這些單詞組成的單位語符列取兩列兩列的形式，也是可以理解的——但是越出一步，就屬於不確定性支配的範圍了。幾個詞形成的一個個小孤島其間確實互不聯繫，因爲缺少明顯的句法結構加以貫穿。當這樣一個句子在文本結尾處出現，就彷彿一種追溯性的晦暗不明把文本前面部分投上了陰影，如「我們的欲念，缺少的是艱深精妙的音樂」（〈故事〉），又如給〈虔敬之心〉封口

❷❶以上提到的各篇標題，包括Fairy在內，在原文同時也是形容詞。

的那一句「現在一切都完了」。

這種印象在句法與法國語言句法相左，或者乾脆完全不同的時候，尤爲突出。「血肉狼藉地滾上一滾」（〈焦慮〉），這是什麼意思？或「色相在空氣中處處遇合交會」（〈出行〉），是什麼意思？「這個世界，你們的財富，也是你們的危險」（〈青春二〉），這一段話又如何解釋？誰能對〈城〉的最後一句繪出句法組織的「圖式」：「還有，我只見窗外不散的濃煙中鬼魂顛躓翻滾，——我們的森林的綠蔭，我們的夏夜！——這裏事事物一模一樣沒有區分，所以我的小農舍，是我僅有的家園，是我心之所寄，就在屋前，只有新厄裏倪厄斯麇集！——沒有哭泣的『死』，是我們熱心的女兒和婢女，還有一位絕望的『愛』和一位美麗的『罪惡』，正在小巷泥濘中嚶嚶啼泣」？㉒人們一向企圖想像韓波的文本之中存在有某類模式，以求有可能或者通過句法轉換或者通過詞彙轉換，將文本納入規範。爲此人們就想加上種種逗號，或者，類似〈Fairy〉中一句從中略去幾個單詞：「樵女吟唱，樵女總是在樹林遺跡下的湍流喧聲中，在畜群鈴聲於谷中響起回音時，在草原上的呼喚聲中，在這樣的時刻吟唱之後。㉓」在〈人生一〉中有一句是：「江河上白銀似的時刻，陽光燦爛的時刻，田野（campagne）之手扶著我的肩，還有辛香氣息吹拂的平原，我們佇立愛撫的情景，一直在我心頭縈繞，不曾遺忘」，難道把「田野」讀做「女伴」（compagne），詩句立即就不能明白可解？

㉒中譯文已按照某種理解對原作文本略加語法與邏輯的排列。

對於指稱的否定與對於意義的破壞，形式各有不同，彼此還可以互相轉換，不過前者與後者兩相分開的距離是很大的。有所指稱顯而易見，可是人們卻說它並不存在，由此轉移到一些不確定的物件上，這些不確定的物件彼此各自孤立，竟至顯得好像是非實有的；確指同時並列，因此變成了不可表示的了，由「他死了，他活著」或「他在，他又不在」這樣的情形，導致這樣一種分解和抽象，這種情形不允許我們與整體和統一的存在相聯繫，因此也就禁絕表現；一直到這些不合語法和隱謎一樣的語句出現，對此人們將不僅是「在我們目前所能了解的程度上」，而是從根本上就不可能知道其指稱物件以及其意義。

這就是爲什麼在我看來這些批評家徘徊於歧途的原因，儘管他們懷有良好願望，以重建《彩畫集》的意義爲己任，用心可佳。如果可能將這些作品的文本歸之於某種哲學性啓示或某種內容或形式方面的特種型態，那麼他們得到的迴響也不可能比其他任何文本要多一些，甚至反而會更少。所以沒有一部獨特作品堪與《彩畫集》相比，較其更可以決定現代文學的歷史。這是一種自相矛盾的現象，注釋家一心嚮往建立這些文本的意

㉓上引中譯文斷句、語法組織與原文略有出入難以避免。原文無動詞（逗號有二）。托多羅夫此處所說加上逗號和略去某些單詞，係指安托萬．阿達姆認爲這一節詩不可解，在Après le moment（在……時刻之後）兩個單詞間加一逗號，略好一些，甚至刪去上述兩詞亦未嘗不可，但仍無助於理解。又下文，阿達姆從韓波手稿上按手寫字體判定「女伴」應爲「田野」，其中僅一個字母（a-o）之差，但在以前的版本中一般均讀爲「女伴」。

義，偏偏又把意義從中剝奪——因爲文本的意義，逆轉的悖論，正在於絕無意義。韓波給文學法規樹立了一些無所言的文本，人們不知它的意義——正是這一點給予這些文本一種極大的歷史意義。期求發現這些文本之所欲言，那就是精心剝出它們的基本資訊，也就是對於證實指稱物件、理解意義的不可能加以確認。那就是方法，而不是內容——或者不如說，內容形成的方法。韓波發現了這種存在於其自主功能（反功能）中的語言，這種語言不受表現和描繪的束縛，在這種語言中，入門要訣實際上就在不屈服於字詞。他找到，也就是說他發明了一種言語，並且繼荷爾德林之後，給二十世紀的詩遺留下一種神經分裂症式話語做爲模式。

韓波的詩句，我用來做爲本文的題詞者，我就是這樣理解的：在他的智慧之中，我們看到的只有混沌。但是，詩人事先就可告慰的是：我們稱做他的虛無的，畢竟絕不能與困惑相提並論，他總歸是要把我們，他的讀者，投入這種困惑之中的。

本文作者附記

我引用的是A. Py編定本的文本（法國文學原作文本，日內瓦與巴黎，一九六九年）。蘇珊・貝爾納在她編定的韓波版本（巴黎，一九六〇年）中的注釋，是可珍視的材料來源。讓路易・博德裏的研究之作《韓波原作文本》（《如實》一九六八年第三十五期與一九六九年第三十六期）所取觀點，亦部分地與我之所見相似。

韓波年表

一八五四年

讓—尼古拉—阿爾蒂爾・韓波（Jean-Nicolas-Arthur Rimbaud）一八五四年十月十日出生於法國東北部近比利時的小城夏爾維爾（阿登省）。

父親：弗雷德裏克・韓波（生於一八一四年），軍人，常年服役軍中。

母親：維塔莉・居伊夫（生於一八二五年），阿登省武齊埃區一個小農家庭的女兒。

哥哥：弗雷德裏克（生於一八五三年）。

妹妹：維塔莉（生於一八五八年）。

妹妹：伊莎貝爾（生於一八六〇年）。

一八六二至一八六三年

韓波入羅沙學校。

一八六五年

韓波入夏爾維爾市立中學。十歲時表現早熟，即以寫作卓越引人注目。

一八六八年

韓波曾祕密寫過一封拉丁文詩體書簡獻給帝國王儲，趁領聖體時機。

一八六九年

升入修辭班。這一年，韓波多篇拉丁文詩作在《中學導報》（le Moniteur de l'enseignement secondaire）上登出。

一八七〇年

修辭班由新來的教師喬治・伊藏巴爾任教，伊藏巴爾有進步的觀念。韓波寫的拉丁文詩令老師大爲驚奇。他與韓波建立深厚的友誼；韓波在思想上、文學上受到他的影響。一月，韓波十五歲寫的法文詩〈孤兒的新年禮物〉在《大眾雜誌》上發表。五月二十四日，韓波把三首詩〈感覺〉、〈莪菲麗婭〉、〈一致的信條〉寄給詩人邦維爾，希望在《當代巴拿斯》上發表。七月十九日，普法戰爭爆發。八月十三日，〈三個吻〉在《職責》（la charge）上發表。八月二十九日，韓波第一次出走，要去巴黎看看第二帝國的垮臺，途徑比利時的沙勒羅瓦抵巴黎，由於超程乘車，未買車票，被巴黎火車站扣留，關進馬紮監獄。九月四日，巴黎爆發革命，第二帝國崩落，宣布成立共和國。韓波經伊藏巴爾解救，方得以出獄。九月二十六日，韓波與伊藏巴爾和德韋裏埃爾一起返回夏爾維爾。十月七日，韓波第二次出走，步行途經布魯塞爾，到達杜埃。他膽清了這一年的詩作二十二首，題名《杜埃手記》（*Cahiers de Douai*）。十一月初，返回夏爾維爾，學校已經關閉。韓波只能經常出入市立圖書館。

一八七一年一月

普法戰爭，夏爾維爾—梅濟埃爾被德軍占領。二月二十五日韓波再一次出走去巴黎，三月十日返回夏爾維爾。三月十八日巴黎公社起義。四月十九日韓波身無分文去巴黎，正值巴黎公社街壘戰。五月離開巴黎，五月十三日回到夏爾維爾。五月十三日、十五日，韓波寫了兩封「通靈者書信」分別寄給伊藏巴爾和友人德莫尼，陳述有關詩的新觀念。五月二十一日至二十八日，巴黎「流血一周」。六月十日寄給德莫尼一封信，附有詩三首：〈七歲的詩人〉、〈教堂裏的窮人〉、〈小丑之心〉，同時要求朋友燒毀他的《杜埃手記》二十二首詩。八月十五日，寄給邦維爾〈與詩人談花〉。九月與魏崙通信，給他寄去幾首新詩，其中有著名的十四行詩〈母音〉，魏崙讀後大爲欣賞。九月十日，魏崙召韓波去巴黎，住在魏崙的岳父莫泰家。韓波帶去的傑作〈醉舟〉一詩，技藝精湛，意象新穎，得到魏崙和他圈子裏的詩人們的讚賞。十月至十一月，在巴黎到處流浪，不時引起人們紛紛議論。十二月，一次偶然機會參加了一次「怪人每月聚餐會」。

一八七二年一月

魏崙在康帕涅—普雷米埃爾街給韓波租了一間房間。兩人的密切關係造成魏崙夫妻不和。二月末，韓波被迫返回夏爾維爾。五月韓波又來巴黎。這一個月韓波寫了〈淚〉、〈卡西斯河〉、〈焦渴的喜劇〉、〈晨思〉、〈五月的旗幟〉、〈高塔之歌〉、〈永恆〉。六月，寫了〈金色年華〉、〈新婚夫婦〉。七月七日，魏崙與韓波離開巴黎出走，到布魯塞爾。七月韓波寫了〈雞冠花花壇〉、〈她是舞女嗎？〉。八月，寫了〈飢餓的節日〉。九月七日，魏崙與韓波去倫敦，自比利時奧斯坦德乘船去英國的多佛爾。九月十四日，《文學與藝術》雜誌發表了韓波的〈群鴉〉。十二月韓波返回夏爾維爾。

一八七三年一月

魏崙患病，讓韓波去倫敦。二月韓波又前往倫敦，與魏崙住在一起。三月二十五日韓波拿到了大英博物館的閱覽證。四月四日兩人又動身回法國，從多佛爾乘船至奧斯坦德，韓波又返回家鄉鄰近武齊埃的羅什。五月二十四日韓波與魏崙在比利時的布永相聚，再次穿越比利時去英國。五月二十七日到達倫敦，在倫敦以教授法文爲生。他們兩人時有爭吵。五月裏韓波在給德拉阿伊的信中，說他正在寫一部《異教之書》或《黑人之書》，是由一些「殘酷的故事」組成的，在信中，他暗示了一些魏崙糾纏他的「散文片斷」。七月三日，兩人之間發生了一次爭吵，魏崙一人乘船回布魯塞爾。七月八日，韓波亦到布魯塞爾與魏崙相會。七月十日兩人發生爭吵，魏崙用左輪手槍擊傷韓波手腕，韓波住進布魯塞爾聖約翰醫院治療。打了一場官司，搞出一場司法訴訟案件，後韓波撤回起訴。七月二十日韓波返回羅什。八月八日魏崙被判處兩年監禁。這年夏天，韓波完成了散文詩集《地獄一季》。十月在布魯塞爾自費出版《地獄一季》，共印成五百冊，是韓波唯一一本自己手訂的詩作。據說十一月韓波還曾在巴黎出現。據德拉阿伊說，一八七三年年底韓波與熱爾曼．努沃相遇。

一八七四年三月

與熱爾曼．努沃一起去倫敦。七月韓波離開倫敦，去向不明。七月六日韓波母親和妹妹維塔莉到倫敦。據說韓波一八七三年後在故鄉夏爾維爾曾結識路易．萊特朗熱，後者教他鋼琴。十一月七日、十一月九日，韓波讓人在《時代》上登了幾則啓事。十二月二十九日，返回夏爾維爾。這一年，（大約在三月至六月），韓波在熱爾曼．努沃的幫助下重抄了（《彩畫集》）部分散文詩。

一八七五年二月至四月

韓波去德國斯圖加特，後魏崙也到此，與韓波最後一次會面。五月韓波在義大利旅行，經瑞士、阿爾卑斯山脈到義大利米蘭，曾到義大利中部，後因患病，六月，裏窩那法國領事館將他遣送回馬賽。七月在巴黎逗留，與母親和兩個妹妹重聚。十二月十八日，妹妹維塔莉去世。

一八七六年四月

去維也納，奧地利警方將他驅逐出境，韓波徒步從德國南方回到法國。五月去布魯塞爾，荷蘭外籍軍團正在此招兵。六月隨荷蘭外籍軍團乘船去巴達維亞（今印度尼西亞首都雅加達舊稱），進入內地。八月十五日韓波開小差，上了一艘蘇格蘭船當水手。十二月抵達北愛爾蘭上岸，回到巴黎再轉夏爾維爾。

一八七七年五月

去德國不來梅，曾向美國領事館提出申請加入美國海軍。六月曾去瑞典斯德哥爾摩。八月曾去哥本哈根。九月去馬賽乘船往義大利契維塔韋基亞、羅馬。

一八七八年

年初去漢堡、瑞士，也曾去巴黎。在羅什度夏。十月遠行，經孚日山脈，越過瑞士聖哥達群山，盧加諾，在米蘭乘火車抵熱那亞。十一月自熱那亞乘船去埃及亞歷山卓，不久轉塞浦路斯。十二月在塞浦路斯被歐內斯特·讓和小蒂阿爾合辦的商行僱用，在一個採石場任工頭。

一八七九年五月

因病回法國。在羅什過夏天。

一八八〇年三月

又去塞浦路斯，在一處高山工地任工頭。感覺體溫不好。七月二十日韓波提出辭呈，動身去亞歷山卓，輾轉去亞丁。八月七日到達亞丁，被瑪澤朗、維阿內、巴爾代和西耶合辦的經營皮貨和咖啡的商行僱用。十一月二日被派到今衣索比亞的哈拉爾分號工作。十二月十三日抵達哈拉爾。

一八八一年十二月

韓波離開哈拉爾。

一八八二年

又返回哈拉爾。

一八八三年

曾在衣索比亞的歐加登地區探險旅行。十二月十三日，投寄一份關於歐加登的調查報告給《地理學會》，後由《地理學會》發表。

一八八四年

瑪澤朗商號倒閉，巴爾代將其收回，韓波簽了新的合同。

一八八五年十月

與巴爾代解除合同，簽約與皮埃爾・拉巴蒂合夥，爲紹阿（今衣索比亞）國王曼涅裏克組建一個沙漠商隊，販賣軍火。

一八八六年

在吉布提塔朱臘受阻逗留，拉巴蒂病故，居・卡恩主編的雜誌《時式》上發表了《彩畫集》，後又由《時式》出版單行本，保羅・魏崙撰寫了出版說明。可是韓波對此卻全不與聞。

一八八七年

在不利的條件下，韓波被迫出賣他的物資裝備。在開羅逗留。

一八八八年

種種新的嘗試失敗之後，韓波不得不與軍火商斷絕來往。返回哈拉爾，做一點進出口貿易。

一八八九至一八九〇年

受聘於亞丁蒂昂商行，經營哈拉爾代理商號的業務。

一八九一年二月

韓波右膝腫痛異常。四月回亞丁。五月回馬賽，入聖母無玷始胎醫院，五月做手術，但爲時已晚，鋸去右腿。七月出院，乘火車回到羅什。八月由妹妹伊莎貝爾陪侍又去馬賽醫院，經診斷腫瘤擴散，已告不治。十月右臂已動不了了，左腿冰冷，後左臂也癱瘓不能動。延至十一月十日上午病逝。享年三十七歲。留下詩篇六十餘首，散文詩專集《地獄一季》和《彩畫集》兩種，以及大量零散詩作、書信等。

一八九五年

瓦尼埃出版社出版《韓波詩歌全集》，保羅・魏崙作序。

一九三九年

法蘭西水星出版社出版布伊阿納・德・拉科斯特評注本《韓波詩集》。

一九四一年

法蘭西水星出版社出版布伊阿納・德・拉科斯特評注本《地獄一季》。

一九四六年

七星叢書版，羅蘭・德・勒內維爾與于勒・穆凱（Rolland de Renéville et Jules

Mouquet）編定本《韓波全集》出版。

一九四九年

法蘭西水星出版社出版布伊阿納・德・拉科斯特評注本《彩畫集》。

一九五七年

善本書社版保羅・哈特曼修訂本《韓波文集》出版。

一九六七年

日內瓦德羅茲書店（Genève, Droz）出版A. Py編定本《彩畫集》。

一九七二年

七星叢書版安托萬・阿達姆編定本《韓波全集》出版。

一九七五年

日內瓦德羅茲書店出版《通靈者書信》（*Lettres du Voyant*）詮釋本，熱拉爾・舍費爾（Gérald Schaeffer）編注。

一九七八年
巴黎尼澤出版社（Paris, Nizet）出版馬塞爾・呂弗編定本《韓波詩集》。

一九七九年
日內瓦斯拉特基納書店（Genève, Slatkine）將《地獄一季》和《彩畫集》按初版本編排再行出版。

一九八一年
巴黎加尼埃出版社（Paris, Garnier）出版蘇珊・貝爾納（Suzanne Bernard）編定本《韓波文集》。

我所認識的王道乾（代後記）

熊秉明

一

我和道乾的交往是有些奇怪的。簡單地說，就是從熟悉接近到陌生而不解。最後他又有轉變，似乎我又可以懂得他了，然而他已到了生命的尾聲。我們沒有再見面，也沒有再通信。我究竟懂得他呢，不懂他呢？很難說。我們有五十年的交情，但是眞正接觸的日子只有兩年。現在執筆憶往事，記故友，不得不留下許多空白。但是這兩年間，從一九四七年後半到一九五〇年前半，無論從大歷史說，從我們那一代人的個人歷史說，都是發展的大轉捩點，我將把他的遺稿、舊信抄錄若干，如此可以較客觀地反映我們青年時代的面貌和轉折的線索。我們的同代人在今天都屬於老人了，讀到這些舊信，也許能感到眞切而有會心的微笑吧。同時大概也會感到深隱的痛楚。

二

我們相識是在一九四七年。

那一年夏天，戰後全國在九大城市統考錄取的三百名公費生即將出國，分別到歐美許多國家留學，行前在南京集訓。學自然科學的、學社會科學的、哲學、文學、藝術、音樂的都有，大家有機會聚集在一起，紛紛初步接觸和結識。有的是老友重逢，相互慶賀，顯出激動和歡悅。大多數人的年紀在二十五歲至三十五歲之間，各具不同的器宇、才華、抱負、性格，一群所謂少壯菁英者，濟濟一堂，形成一片活潑撞擊的高溫氣氛。

在赴法的四十名同學中，有一位特別引起我的注意。他的面貌像一幅油畫肖像，畫中色調低暗，氛圍濃郁，兩眼很黑，眼光和平而誠摯，靜靜地停滯在難測的遐思中，很接近草食動物的神情。頭髮眉睫也很黑、很濃、很密。動作緩慢，說話的聲調有些低啞。笑的時候，無論從面肌的表情說，從聲帶的振盪說，都不是一種輕鬆爽朗的笑，似乎有些吃力，笑意來得很遙遠。在擾擾攘攘中，他好像比別人慢半拍，低半音，居住在另一個坐標系統，他在畫中，從畫的那邊看過來，似一個局外人。而外邊的一切，攝入畫內，好像受到細細反芻，滋味都被嚼出來，甜的更甜，苦澀的更苦澀。小提琴拉出來，帶有大提琴的音色。

我被這奇異的另一座標所吸引，不禁走過去和他攀談。「我學法國文學。」他緩慢而低沈地說。我暗想果然不錯，他那裏有文學和詩的礦藏。奇怪的是他尚未到巴黎，卻已染上世界藝術之都的情調，或者應該說他原有這情調，只適合到巴黎這樣的城市去。在科學家、工程師、法學家之間，他顯然屬於另一種類族。第一次見面，幾句交談，我們就熟識了。他是王道乾。

三

我們同船從上海到香港，在香港登上「蘇格蘭皇后號」西行。這是一艘兩萬六千噸的郵船，在戰爭期間因爲擔任運輸軍隊的工作，船身塗了隱蔽的灰漆，尚未改回來，看起來很不起眼。內部的布置則仍然豪華。從香港到利物浦航行了整整三十天，對我們來說是一段相當長的假日。每天憑欄對著海天，或者坐在幃幔長垂的大廳裏漫談。船上有酒吧，可以購買酒類和糖點。道乾買了一大瓶威士卡，我買了一盒巧克力。兩人都買了菸斗和菸絲，他很能飲，也很能抽菸。抽起來很沈醉，噴吐很濃的菸穿插於談話的進行。

船過孟買時，英國駐軍正從印度撤退，上船來一批官兵和他們的家屬，家屬中有一個十六、七歲，丰采極其動人的少女。我曾鼓了勇氣前去請爲她畫一幅素描。談話後，知道她是愛爾蘭人，父親是上校。這事在我們的海上生活中引起一定的波動，成爲後半海程的主要話題之一。

和道乾談話不一定是順暢的，他的特長不在理性的分析，而是一種詩人的直覺的獨創性。聽他講話，往往抓不住清楚的思路，但是被他獨特的見地、說法、描述、比喻所驚異，所吸引。例如他忽然冒出一句：「本來一點神話就夠了。」這句話起的是中斷對話的作用。在他的一邊，這句話濃縮了許許多多思想；在聽者的一邊，不免一愣，只能在沈默中消化這句話的蘊含。

因此後來他在一封信裏這樣說：「你總以爲我是一個不正常的怪異的人。你並非不願不時接近我，但你一接近我，你就提醒自己：這是同一妖異散步。這種愼重與謙愛時常擾亂我，但經常又是一種友愛的嫵媚。」

四

道乾給我讀他的詩作，如今在舊紙中只能尋到一首，但很能代表他的詩風。他回國後的幾十年中大概沒有寫過詩，至於出國前發表的是否還找得到，很成問題，那麼這可能是他創作的唯一殘篇了。

我飛入清涼的原因裏
並不引來結果；明澈的一條線
永不重複不修改，絕對精敏機智的線
在數目中在昨天昏亂的理性中升至無限；
驚擾我，你這秩序，偽秩序，
毒我，希望毒我，我的肉體，我的知識；
最後一朵花，最後一次試驗；神祕的結婚。
淼茫古代，湮遠的知，最初絕對的思想，
在我肉內動搖，
風在肉縫裏吹，吹，吹，吹，吹，預知的風吹，吹，吹，吹……

抄完這一段，我覺得還是應該把全首錄下來。前面的一段是這樣的：

深夜車子在街上馳過，
這是運走我的信號。
手伸出枯萎，碎成灰粉，
癱在面孔上，一本書上，
一片雜還荒唐的理智上；
耳下湧起水波洶湧之聲，
地獄在我心裏，人群驚慌，
集聚在廟前，世界大改變；
永遠渴：這城是黑夜性格的陳述，
城在燈下聾而愚沈入濕涼樹蔭，
房屋是滯重的做物，房屋；
飽食及沈睡的宗教，政治希望與教育；

我以爲他不只是一個很好的詩人，而且是一個眞正的詩人，即使他不寫詩，即使我不完全懂他的詩；他的低半音、慢一拍的特性，正是由於詩的緣故。他追求那一條絕對精敏機智的線，我能感覺得到，而且珍惜。

五

一九四七年十月初我們經過倫敦，渡海峽，到了巴黎。盧森堡公園的林木已錯雜地呈顯秋色，戰爭結束已兩年，食品供應仍很差，什麼都得憑郵票樣的糧票去購買。大學城食堂的飯，不能讓我們吃飽。我還記得可笑的是剛到巴黎的晚間，我們便興致勃勃地去坐咖啡館了。等咖啡端來，才知道市場上根本還沒有咖啡一物。那杯子裏的只是一種代用品製成的黑色苦汁。至於糖，也沒有，以一種醬色的似甜似酸的水代替。不過巴黎的藝術生活已經很活躍，張貼街頭的展覽會、音樂會、戲劇、歌劇等等的廣告使我們眼花撩亂，學音樂的同學更是忙得團團轉。

道乾偏被分配到里昂大學，很爲沮喪。在里昂住得很不快活，甚至病了一場，住了十天醫院。來信說：「我很想去巴黎，根本決定去……我決定復活節前後就去，不管他們准不准。」他埋怨：「里昂的霧、霧。我逐漸不大懂陽光。」又說：「里昂人如封閉的瓶」。

一九四八年三月底他轉學到巴黎，住在大學城外省館。我住比利時館，相距約十分鐘步行，常能見面。常在一起的還有學哲學的顧壽觀君。壽觀是我在西南聯大哲學系的同班同學。

那時供應已逐漸改善。他喜歡煮咖啡夜讀，抽著菸斗，讀切爾克迦、卡夫卡、韓波。在留學生中，他顯得最爲法國化，他常引韓波的句子：「絕對必須屬於現代。」

在從里昂給我的一封信中，他曾給自己做了一段描寫，可算他當時的自畫像：「唉，我，天生用感覺多於理智，我爲一種新的要求，我只把我做成一個精敏的獸，靜靜地臥在世界最後的夕暮，像一架具有眞空管及銳敏線圈的獸，感覺宇宙的存在，咀嚼那個時升脫時低沈，以及社會生活各種感應的ego，呵，我的好心腸的朋友，這就是我的全部。我的畏卻的生活，我的無時不在加意隱蔽的內在，這就是我，我今日洩露於你，做爲你的最好友情的頂禮！」（一九四八年二月二十六日）

六

一九四八、一九四九，國內局勢在劇急變化中，那邊的巨變在每一個國外留學生的心中也帶動了變化。我們一群人離開祖國時，本來就抱了獻身建設強大繁榮的祖國的願望，人民共和國成立，在我們是一個新世界的誕生，一切都有了可能，在一個起點上。那是一片嶄新的土地，掃盪了一切陳舊與腐朽的處女地，工人在上面塑造鋼筋水泥，農人在上面開墾播種，科學家在設計，藝術家將放情歌唱。

一九四九年十月九日，巴黎的學生，華工組織，一部分使館人員共同舉行了慶祝會。留法公費爲期原定是兩年，所以一部分同學已經結業，大家歸心如箭。歸，不只是回到母土，祖國，而且是皈依一個理想，參與一個大工程。就在十月間，學業結束的，或自己認爲可以告一段落的，都紛紛南下，到馬賽乘船東行了。

我是到法國一年之後才開始學雕刻的，自知這樣初級水平的技術不能回去做什麼，但是也有朋友提出相反的意見：在歐洲多學一天西方藝術，則多中一分資本主義毒素。但我還是留下了，學哲學的壽觀、學文學的道乾回去了。他們都認爲要認眞在西方學習，非十年、二十年不可，而目前的世界情勢、國家情勢、個人情勢，都催促我們回去。

在心理上他們都做了準備。那一段日子我們的談話集中在藝術道路、生命的道路的問題上，辯論有時非常激烈，往往談到深夜，乃至徹夜。他們認爲我不與他們同行，乃是缺乏果斷，缺乏明智，也缺熱情。而在我看來，他們的行動是果斷的，也是熱情的，但所持的言論往往已不明智。壽觀說：只有農人的勞作才有價値。道乾說：生活根本不需要藝術。

我想，在這裏，最好擇錄他當時的一封信：

生活與藝術絕對不能相連。按時代説，在此時代中不能相連；按個人説，我們這代人或我們個人這個生命階段，生命與藝術只是一種滑稽關係，如果不想盲目或謊騙，一個選擇：生活？藝術？依照自然律，選生活無疑是最自然、最善、最美好有益之事。

藝術之所以能有最高境界，我以為，乃在於脱離現實生活，將生活提高到一個價値的最高地帶。或可以説，將藝術變成形而上學，一切皆引向對生命的否定。

對生命肯定有二法：（一）就是那麼不明白又明白的活，若極高明而道中庸。（二）活，如人之活。前者要求知識，後者要求善良與沈迷。前者例如好的知識分子，後者如同農夫，好的鐵匠，所謂地之子，諸如此類。

我希望我做一個查票員甚於希望做一個「我」。我對過去並不懊悔，我只是一筆抹殺，我想清明地哭泣我的過去。

生活只有兩種：真生活與假生活，假如你能原諒我的專斷，我可以給你歸納成一公式：藝術是假生活。真生活呢？我粗略地說，字面的，可不使你有機會攻擊的！「沒有藝術是真生活。」（一九四九年三月十二日）

接著第二天他又寫了一封長信，其中有這樣一段：

我宣布：我之捨棄藝術完全是我成功的表示。

藝術工作是：將大量生命堆上一張畫布，堆入樂器，堆入文字，然後儘量消除，儘量消除，直到只留下生命的反面：死！我喜愛此字樣像喜愛宇宙一樣。（一九四九年三月十三日）

當時我們都住在大學城，其實不必用書信對話。這幾封信證明我們曾對去留問題嚴肅思考，把個人的存在做殘酷的剖析、核對總和拷問。幸而有這幾封信存下，保留了我們苦思的些微痕跡。

一九四九年十月二十三日我到里昂車站送行，和他們分手。

他們爲我憂慮；我也爲他們憂慮。我當然並未預料到後來發生的反右、文化大革命等災難。我只是看到道乾狠狠地改造自己，要從詩人的氣質中蛻化出來；他要否定藝術，否定詩，否定自己是詩人，這是可能的嗎？他十分痛苦，而他認爲將得到眞生活。

七

他回去後，沒有再來信，我們之間斷絕消息約二十年。文革之後，他託人帶來一個小酒壺。壺裏放著一片小紙條，寫著「秉明兄留念」。如此的措詞令我吃驚，而細看筆跡更令我不安。過去我很欣賞他的字，像一粒一粒葡萄乾，濃縮得精緻有味。這紙條上的字是散掉的，失去甘香的。

我間接聽說他在上海外國文學研究所，主編雜誌，搞文學理論，入了黨，此外便無所知了。

一九八二年他來過一短信，這樣開始的：「你去年此時給我寫來的信，原諒我到現在才提筆回信，遲了一年之久。年老多病是原因之一。」問到我的工作。關於他自己，只是說：「我的情況想秀清同志已告訴你了，這裏就不多說了。」那樣深沈而內向的性格，竟然把自己的情況交給第三者去說，實在是奇怪的。他既然不願多說，我也就沒有多問了。

一九八五年我和巴黎東方語言文化學院院長拉巴斯迪德先生到上海和上海外語學院簽訂交流活動。接待部門安排我和道乾見面。我很記得在一間客廳裏等他時的迫切心情。然而我們一見面，似乎一切都敷上一層霜。他的面孔上浮起吃力的笑，仍是那一種吃力而並不爽朗輕鬆的笑，但是終究有了不同。過去的笑是從心靈深處綻現的，遙遠而神祕。而那一天我看見的笑疲倦而冷淡。我們就以這冷漠的基調出發，說了些無關緊要的客套話，自己也感到彆扭。第二天我離開上海，我想我們成爲陌生人了。

八

一九九三年三月間葉汝璉先生給我寄來一份訃告：道乾於一月九日在上海病故，訃告除了「中國外文學會理事」之類頭銜外，稱他爲「著名翻譯家、文學理論家」，我於是知道他曾辛勤地工作過，但是我還想說，他奉獻了一切可奉獻的了，如他所說：「我希望我做一個查票員甚於希望做一個『我』。」但是在今天看來，這樣一種查票員式的忠於職守，恐怕並非最好的工作心態。然而已經太遲了。四十多年前我們徹夜辯論的情景又浮現出來，使我黯然。

又過數月，道乾的愛人給我寄來幾篇紀念文字，一篇是《追記王道乾先生》（安迪），文中寫道：「先生翻譯韓波的散文詩，只是重檢幾十年前的舊夢……人的一生，常常身不由己，喜愛的東西不得不捨棄，而隨著時代的車輪別無選擇地滾動。」又有：「找出先生送我的那一本《地獄一季》，再次認眞地讀了一遍，我驚歎於先生駕馭文字的能力。」

道乾又回到韓波，我怎能不激動？道乾又尋回他曾堅決要抹殺而遺棄的「我」，我怎能不俯仰嘆息？我好像又看見他青年時代的神態、目光、聲調。雖然是譯別人的作品，卻摻進自己心靈的聲音。《地獄一季》！我分明看見詩人的靈魂在灰燼中又跳起天鵝最後的舞。

一九九四年一月

麥田出版

廣　告　回　郵
北區郵政管理局登記證
北台字第10158號
免　貼　郵　票

cité 城邦

英屬蓋曼群島商家庭傳媒股份有限公司

城邦分公司

104台北市民生東路二段141號2樓

請沿虛線折下裝訂，謝謝！

麥田出版

文學・歷史・人文・軍事・生活

編號:RN8018　　　　書名:彩畫集

讀者回函卡

謝謝您購買我們出版的書。請將讀者回函卡填好寄回，我們將不定期寄上城邦集團最新的出版資訊。

姓名：________________電子信箱：________________________________

聯絡地址：□□□____

____

電話：（公）____________________分機________（宅）____________

身分證字號：________________________________（此即您的讀者編號）

生日：___年___月___日　性別：□男　□女

職業：□軍警　□公教　□學生　□傳播業　□製造業　□金融業

□資訊業　□銷售業　□其他

教育程度：□碩士及以上　□大學　□專科　□高中　□國中及以下

購買方式：□書店　□郵購　□其他________________________

喜歡閱讀的種類：____

□文學　□商業　□軍事　□歷史　□旅遊　□藝術　□科學　□推理

□傳記□生活、勵志　□教育、心理　□其他________________________

您從何處得知本書的消息？（可複選）

□書店　□報章雜誌　□廣播　□電視　□書訊　□親友　□其他

本書優點：（可複選）□內容符合期待　□文筆流暢　□具實用性

□版面、圖片、字體安排適當　□其他________________________

本書缺點：（可複選）□內容不符合期待　□文筆欠佳　□內容保守

□版面、圖片、字體安排不易閱讀　□價格偏高　□其他

您對我們的建議：____

____

____

____

____

____